Cocktail Kiss Label

神獣の寵愛

～白銀と漆黒の狼～

橘かおる

Kaoru Tachibana

JN267599

JULIAN
a day in the life

この物語はフィクションであり、実在の人物・団体・事件等とは、いっさい関係ありません。

Contents

イラスト・明神　翼

神獣の寵愛

～白銀と漆黒の狼～

ある雨の日、篠宮敬司《しのみやけいじ》は仔犬を拾った。

コンビニでのバイト帰りに通りかかった公園で、濡れて震えながらきゅんきゅん鳴いていたのを見つけたのだ。とても見過ごせなかった。犬種はわからないが、四肢が大きかったので大型犬の仔犬なのかもしれない。びしょ濡れなのもかまわず懐に抱き込んで帰宅を急いだ。

借りているアパートはペット禁止だが、今は非常時。仔犬に「鳴くなよ」と囁《ささや》きかけて、管理人のいる部屋の前をそろりと通り過ぎ部屋に向かった。

ワンルームの狭い部屋だが、今の敬司にはここの家賃が精いっぱいだ。

部屋に入るとそのままバスルームに向かい、洗面器にお湯を溜めた。仔犬をお湯につけ、上からもシャワーをかけてやる。水が嫌なのか最初はもがいていた仔犬だが、冷えていた身体が温まるにつれ、おとなしくなった。

十分に温まってから洗ってやる。ペット用の石鹸ではないが、多少は大丈夫だろう。気持ちよさそうにじっとしている仔犬を綺麗に洗いあげ、バスタオルにくるんで部屋に戻る。

ドライヤーで乾かしてやるとふわふわのモフモフになった。

跪《ひざまず》いて覗き込むと、耳がぴんと立ち、賢そうな目をしている。引き締まった顔立ちは凛々《りり》しくて、思わず声をかけていた。

「おまえ、なかなか男前だな」

言葉がわかるわけでもないだろうに、仔犬は「きゅん」と鳴いて、敬司の鼻をぺろりと嘗《な》めた。途端にこちらの胸もきゅんとなる。

「可愛い〜〜」

思わずぎゅうっと抱き締めていた。乾いた毛皮が気持ちいい。

腹も空いているのではと、牛乳を少し温めてパンを浸した。どちらも乏《とぼ》しい食料だが、ちっとも惜しくない。もともと犬好きの敬司だ。仔犬に食べさせるためなら、一食二食抜いても全然平気だった。

口周りをミルクだらけにして仔犬がはぐはぐと食べているのを、敬司はほんわかした気分で眺めていた。明日になったら仔犬をどうするか考えなくてはならないが、今は自分以外の温もりがこの部屋にあることが嬉しかった。厳しい現実を、ほんの少し忘れていられる。

不運は大学卒業後に襲ってきた。入社した会社が同族企業だったのが災いしたのだ。

次期社長だという専務（社長の息子）に気に入られ、セクハラ三昧《ざんまい》。躱《かわ》しても躱しても伸びてくる手に辟易《へきえき》して社内のしかるべき部署に相談したが、担当者も弱るばかり。相手は専務、なんとか穏便になどと言われてしまう。

こんな会社だったのかと見切りをつけてすぱっと辞めた、のはよかったが、直ちに独身寮の退去を迫られ、貯金も少ない中急いでアパートを探すはめに陥った。

とはいえそのときは、それほど間を置かずに就職できるだろうと高を括っていた。

だが現実は厳しかった。半年が過ぎた今でも求職中のまま。コンビニや居酒屋でバイトをしてなんとか凌《しの》いでいるが、正社員への道は遠い。おそらく例の専務が、報復のために手を回したのではないかと疑っている。

しかも今のバイト先でも客や店員から、何が気に入ったのかあるいは気に触ったのか、言い寄られたり意地悪されたり。それやこれやで心が折れかけている。

いったい自分のどこが、他人をそれほど刺激するのかわからない。整った顔とはよく言われるが、どちらかといえば線が細く、地味で目立たないと自分では思っているのに。

心身共に疲弊した敬司には、仔犬との遭遇はささやかな救いだった。小さな生き物の熱が、敬司の心をふわりと柔らかく包んでくれる。

食べ終えた仔犬は今度は眠いのか、こっくりこっくりし始めた。ベッドの下にタオルを丸めて寝床を作りそっと下ろしてやると、すぐに丸くなって寝てしまう。

そっと頭を撫でてやってから、シャワーを浴びにいった。身体を洗って出ようとしたとき、排水溝の側できらりと光るものが目に入る。

「なんだ？」

拾い上げてみると、鱗のようだ。この前掃除をしたときにはなかったから、仔犬が持ち込んだものに違いない。腹を空かせた仔犬が、ゴミ箱でも漁ったときについたのだろう。

捨てようと持って出て、気が変わった。光に梳《す》かしてみると、虹色にキラキラと輝いたのだ。

「意外と綺麗なんだ」

流しで綺麗に洗い、ポトスの入ったガラスコップにぽんと放り込む。水とビー玉だけなのに枯れないで葉を茂らせている奇特な植物だ。鱗はビー玉の上にふわりと被さり、見る角度によって違う色で輝いて、ポトスの緑と共に敬司の目を楽しませてくれた。

髪を乾かすとベッドに横たわる。すぐに瞼が重くなった。

ところが夜中過ぎ、一眠りして目が覚めたのか、仔犬がくんくん鳴き出して目が覚めた。寂しいのだろう、なんとかベッドに這い上がろうと小さな身体で足掻いているのを見ると無碍《むげ》にもできず、つい抱き上げてしまう。

抱き込んだ仔犬はふくふくして温かい。

「おとなしくしていろよ」

諭しながら目を閉じると、久しぶりに夢も見ずぐっすりと眠れた。

しかし翌朝のこと、目覚めた敬司の傍《かたわ》らにいたのは可愛い仔犬ではなく、素っ裸の男だった。

「な……っ」

絶句し固まったまま、敬司はしばらく言葉を失っていた。どこからどう見ても相手は人間。少年期を脱して青年期に入ったばかりの、しなやかで瑞々《みずみず》しい肢体を持つ若い男。

図々しく大の字になっているから、敬司の方が小さくなっていた。

男に接している側から身体の熱が伝わってきて、ようやくこれが現実だと理解した敬司は跳び起きようとして撃沈する。

なぜか力が入らず、上半身を起こすこともできなかったのだ。

確かにバイトの時間延長で身体は疲れていた。しかし起き上がれないほど脱力しているのは普通ではない。

夢？　夢なのか？

そう思いつくと、本当に夢のような気がしてきた。そもそも自分が昨夜抱いて寝たのは仔犬であって人間の男じゃない。

そうか、夢なんだと無理やり自分を納得させて目を閉じた。なんとか眠ろうとしていたのに、

「おい、腹減った、起きろ」

と低い声が言いながら身体を揺さぶってくる。手加減なく揺らされるものだから、ベッドから落ちそうになった。

「うわっ」

慌てて布団にしがみつく。夢だとごまかすのも限界だった。

しかし現実だとしたら、いったいこの男はどこから来たのか。戸締まりはちゃんとしていたし、そもそもここは二階で、窓から入るというのも難しい。

それに、そうだ！　仔犬は！

思い当たった途端敬司はがばっと身を起こし、再び敢《あ》えなく突っ伏した。肘《ひじ》に力が入らず、身体を支えることができなかったのだ。

「力が出ないのか。少し気を吸いすぎたかもな。だいたいおまえの気が美味すぎるのが悪い。危うく全部吸い取ってしまうところだったぞ。止めた俺を褒めろ」

裸で胸を張る男の台詞に、敬司は眉を寄せる。つまり今のこの状態は男のせいなのか？　どうやってかわからないが、敬司の力を吸い取ってしまったと……？

馬鹿馬鹿しい。妄想男など相手にするな、自分。それよりも仔犬だ、仔犬。

「仔犬がいたはずだ。どこへやった」

何かしたとしたら、この男しか考えられない。

「そりゃあ、俺だ。それと、犬じゃない、狼だ」

にっと笑って男が自分の胸を示した。剥き出しの胸を。

「は？」

敬司の目が点になる。犬だの狼だの、何を言っているんだこの男は。

裸の下半身には視線を向けないように注意しながら、まじまじと男を見た。どう見ても人間じゃないか。

きちんと筋肉のついたいい身体をしている。かなりの長身で、顔はややきつめのイケメン。眼差しが鋭いので獰猛《どうもう》な感じがするのだ。だが顔はいい。美形といって差し支えない。

どこかで見たことがあると記憶を探り回し、コンビニにある雑誌で見たのだと思い当たった。メンズモデルで確か表紙を飾っていた。ヒョウ柄のコートがやけに似合っていたので、印象に残っている。

「モデルの、猛流《たける》……？」

男、猛流がにやりと笑って肯定した。ますますわからなくなる。モデルをしている有名人がどうしてここにいるのか。

「おい、わかったのならもういいだろう。仔犬が自分だとなぜ冗談を言うのか。腹が空いているんだ。何か食わせろ」

勝手な言いぐさに反射的に首を振る。

「いやいや。何もわかっていない。まずは仔犬だ」

「だからそれは俺だと言っているだろう。わからないやつだな。気を吸い取られて仔犬レベルに落ちていたんだ。おまえがいてくれて助かった。気も美味だったしな」

敬司は絶句する。この大きな男が、あの可愛い仔犬!? いったい誰がその与太話《よたばなし》を信じるというのだ。しかし現に仔犬がいなくてこの男がいる……。

思考が堂々巡りしていることを、敬司だけが理解していなかった。

舌打ちした猛流がぐいと敬司を引き寄せたときも、何をされるか全然。

「仕方ない、少し気を返してやる。自分の身体で実感したらわかるだろう」

いきなり猛流の顔がどアップになり唇を塞がれたときも、あっけに取られて抵抗できず、自分がキスをされていることに気づいたのは肉厚の舌がぬるりと中を探ってきたときだ。

敬司は大きく目を見開き、猛流から逃れようと暴れた。

「じっとしていろ。返せないじゃないか」

不機嫌に唸った声は、まさに肉食獣の獰猛な威嚇《いかく》。思わず竦《すく》んでしまったのは、仕方がないことだろう。

固まったまま猛流のキスを受け続け、放されたときは呆然自失。のろのろと手を上げ、唇に触れてそれが濡れていることに気がついたとき、ようやくこれが現実の出来事なのだと実感した。自分は家に入り込んでいた見知らぬ男にキスをされたのだ。

渾身の力で猛流を押し退ける。キスをしたあと様子を窺《うかが》うためか中腰でいた猛流は、あっけなく押されて尻餅をついた。

「何をする！」

跳ねるように起き上がり敬司に凄んでくる。

「何をすると言いたいのはこっちだ！」

怒鳴られて怒鳴り返した。身体の大きさや纏《まと》う覇気《はき》に気圧《けお》されたりはしない。

「気を返しただけだ。わからないのか。身体も辛くないはずだ」

指摘されて、はっと我が身を振り返る。確かに。さっきまで起き上がることすらできなかったのに、今は猛流を突き飛ばし睨《にら》みつけている。力が抜けてふにゃふにゃだった身体に、しゃきんと一本芯が通り、倦怠感《けんたいかん》が一掃されている。

「確かにそうだが、僕はおまえに感謝しなければならないのか？」

「してもいいぞ、聞いてやる」

にやりと不敵に笑った顔がやけに決まっている。さすが現役モデルだと感心したら、その顔がぐいと近づいてきた。うわっと仰《の》け反《ぞ》る。漆黒の瞳の中に、散りばめられたような金粉がキラキラしている。

その瞳でじっと見つめられて、不覚にも頬が熱くなった。抗《あらが》い難い磁力がある。なんなんだこれ、と自分でも思いながら、赤味が広がっていくのを止められない。

「今、かっこいいと思っただろう」

迫られて、ぷいと顔を背けた。絶対に認めない。そもそも相手は男で不審者で。いやこの流れからして仔犬が猛流……？

「顔が赤い」

「うるさい。目の錯覚だ」

反射的に喚《わめ》いていた。だが猛流は見逃す気はなさそうで、手の甲で頬を撫で上げてきた。ゾわりと肌が粟立つ。

「へえ〜、敏感なんだ」

揶揄《やゆ》されて、触るなと猛流の手を叩き落とした。金粉を散りばめた瞳が熱を帯びる。

「逆らわれると燃えるな」

ふふんと口許を歪《ゆが》め、伸し掛かってくる。足掻いても重量のある身体で押さえつけられ、抵抗を封じられた。卑猥《ひわい》に腰を押しつけられ揺すられる。信じられないことに、それだけで敬司のモノは熱を帯びた。嘘だと叫びたい。

気取られまいとなんとか腰を引こうとするが、全身で押さえ込まれているから敵わない。

猛流がにんまり笑った。気づかれたのだ。

「めしはあとでいい。やろうぜ。俺も朝勃ちだ」

「嫌だっ、触るな、動くな、……キスするな」

情けない欲求を告げて腕を突っ張ったが、猛流はその程度の抵抗など歯牙《しが》にもかけない。

「すっきりしようぜ。朝飯前の一発だ」

にやりにやり、敬司からすれば嫌な笑い方だ。全身で押さえつけながら、猛流の手がパジャマのボタンを弾いていく。前をはだけられ、下半身も容赦なくズボンをずらされた。昂りかけているモノが空気に曝される。

と、いきなりそこがむくむくと急成長を遂げた。我がモノながら、なんで、と情けない。

「元気のいいことで」

猛流がそれを指先でピンと弾いた。愉悦《ゆえつ》が頭から足の先まで突き抜けていく。自分でも信じられない。

猛流は鼻歌でも歌いそうな陽気さで、リズミカルに手を動かし始めた。

「あ、あ……、やめ……、触るな」

敬司の抗議なんか聞いちゃいない。いいように昂りをいたぶられ、すぐに射精感が込み上げてきた。だが、猛流の愛撫でイくのは絶対に嫌だ。必死で堪《こら》えていると、猛流が小さく舌打ちした。

「強情だな」

「当……たり前だ。イかされて堪《たま》るか」

極力喘《あえ》ぎ声を押さえて言い返す。猛流がにんまり笑った。

「そんな台詞を聞くと、ますます挑戦したくなるね」

するすると身体をずらし、昂りをぱくりと口に含んでしまう。

「な……っ、ぁ、あぅ……、や、めろ……」

そんなことまでと呆然としている間に、舌でいいようにあやされた。裏筋の感じやすい部分をねっとりと嘗められ、先端を舌で押し潰される。ときおりわざと歯を立てられるのも悦い。腰が震えた。蕩けそうだ。敬司は身悶えして喘ぎ続ける。

舌で舐《ねぶ》りながら、猛流の手があちこちを探索している。後ろの袋やそのさらに奥も触られた。前への刺激でわけがわからなくなっている間に、指も入れられている。違和感に気がついたときは、敬司自身の蜜液で濡らされてすでに二本挿入されていた。

「柔軟でいいねえ。こっちは初めてだろ？　誰の匂いもついてないもんな。でも、俺の指を喜んでる。こんな素直な身体は初めてだ。滲み出る気も極上だし。……俺、いい拾いものをしたのかも」

勝手なことをほざいて、胸の尖《とが》りをきゅっと抓《つね》られる。

「ああっ」

痛いのに悦くて、昂りがびくびくと震えた。蜜を振り零し、気持ちいいのだと知らしめる。猛流が伸び上がって乳首を嘗めた。昂りを解放され一息つく。だがすぐに猛流の手が忍び寄ってそこを握られた。緩急をつけて擦《こす》られ、声を上げて身悶えた。

昂りと乳首とそして後ろの蕾と。一度に弄《いじ》られればひとたまりもない。ふっと一瞬意識が浮揚したかと思ったら、猛流の手に白濁を吐き出していた。

「量が多いな。しばらくしていなかったのか」

「勝手な、憶測を、するな」

下卑《げび》た物言いに堪らず、荒い息ながらも果敢に言い返したが、相手は敬司の羞恥《しゅうち》などまるで頓着しない。それどころか指についたモノを嘗め、満足そうに肯《うなず》いている。

「これもねっとりとした味わいだ。美味い。病みつきになりそうだな」

今なら羞恥で死ねそうだ。しかも腰に当たっているのは猛流の熱塊。後孔を広げられていたこともあり、もしかして挿《い》れる気かと怖じ気をふるった。

力の入らない身体で、なんとか逃げようと弱々しく足掻いていると、白濁を嘗め取った猛流がじろりと視線を向けてきた。獰猛な気を纏った猛々《たけだけ》しさに気圧されそうになりながらも、持ち前の勝気で跳ね返す。

力を振り絞って睨んでいると、猛流が不愉快そうに眉を上げた。

「逆らう気か、ああ？」

唸る声も、先ほどと同じ恫喝《どうかつ》だ。空気が張り詰め緊張が高まるかと思った瞬間、きゅるるという音が響き渡った。高まりかけていた緊張感がすーっと消えていく。

「え⁉」

どう考えても腹が鳴った音だ。が、もちろん自分ではない。とすると、猛流？　当惑して見た先で、猛流が「腹減った」とぼやきながら腹を擦っていた。なんとなく間抜けな姿で、さらに気が抜ける。

「限界だ。取り敢えず、めし」

顔を上げた猛流が堂々と要求してくる。気力を挫《くじ》かれた気分の敬司は、

「それ、いいのか」

と猛流の中心で隆々と聳《そび》え立っているモノを顎で示した。

「そのうち収まる。それよりめし……」

「わかった、わかった」

敬司にしても見ていたい代物ではないからすっと目を逸らし、ベッドを離れる。

「服を出しておいてやるから、そのみっともないモノを隠してから来いよ」

言い捨てて、シャツとスエットを出してやった。体格が違うからできるだけ大きめのを探したが、猛流からしたらちんちくりんだろう。かなり不格好なことになる。ささやかな意趣返しだ。下着はないが、そこは我慢してもらう。

狭いキッチンに立った。猛流の食事と思えば腹が立つが、自分の朝食のついでと思考を転換すれば、むかつきも少しは収まるというものだ。

のろのろと食事の支度をする。多少力は戻っているものの、いつもほど動きにキレがない。それもこれもあの男のせい。つい包丁をだんとまな板に叩きつけていた。

料理しながら頭の中では、仔犬があの男、あの男が仔犬……とぐるぐる考えている。目の前で変身するところを見たわけではないので、そう簡単に受け入れられることではない。

だが、信じられないし認めたくないが、仔犬が消えてあの男が現れたのは事実だ。それならあの男はなんなんだ？　人間じゃなくて犬？　いや自分で狼と言っていた。つまり狼人間……。

映画で見た、月に向かって吠える毛むくじゃらの化け物の姿が浮かんだ。

しかし、あの男はちゃんとした人間に見える。

考え事をしながらも、手はちゃきちゃきと動いている。大学のときから一人暮らしだから、料理は手慣れているのだ。

腹持ちがいいから朝は和食と決めているので、冷凍してあるご飯を電子レンジに放り込み、温めている間に湯を沸かして味噌汁を作る。あとはハムと合わせたスクランブルエッグだ。

鮭を焼きトマトとキュウリを切ると出来上がり。調理台横のカウンターにおかず類を置く。食事はいつもそこで済ませているのだ。

「めし、できたぞ」

声をかけると、猛流がのっそりと寄ってきた。百七十半ばの敬司が見上げるほどだから、百九十近くはあるだろう。しかもみっともないはずのシャツとスウェットが、スタイリストの手にかかったかのように洒落て見えた。

なんだ、このマジックは。

着ているのが猛流ということもあるのだろうが、袖口を無造作に折って短いのを目立たなくし、胸許のきつさはボタンを外すことで免れていた。裾もロールアップすることによって、短いから踝が覗くのが、逆にセクシュアルに見える。さすがとしかいいようがない。

「もっとなんかないのか。これ、きついぞ」

猛流自身は着心地の悪さに文句を言っているが。

「僕の手持ちではそれが一番大きい。裸でいるよりましだろ」

悔しいから余計につけつけと言ってやると、仕方なさそうに舌打ちした。むすっとしたままカウンター前の椅子に腰かけ、準備が整うのを腕組みをして待っている。手伝おうという気配は微塵もない。

まあいいけどなと思いながら、ご飯と味噌汁を出すと、猛流は立ち上がってパソコンの前にあった椅子を持ってきた。さすがに家主の椅子を占領することはしなかった。

しかし敬司が箸を手にする前にもう猛流は食べ始めている。猛然と食べる様子に空腹具合が察せられて、先に食べ始めたことを注意する気も失せた。

スクランブルエッグを口にした猛流は「うまい」と感嘆の声を上げる。続いて味噌汁を飲んでこちらにも満足そうに肯き、敬司に向かって言う。

「おまえ、料理うまいんだなあ」

「おまえじゃない、篠宮敬司だ。篠宮さんと呼べ」

ぴしりと言ってやるが、猛流は頓着しない。

「味噌汁の出しがよく効いているぞ、敬司」

おまえから敬司になったものの呼び捨てで、篠宮さんと呼べと言ったのを完全に無視している。一宿一飯の恩義は感じていないのかとむかっ腹がたち、「おかわり」とご飯茶碗を差し出されたとき、わざとのろのろと手を出して受け取った。一種のサボタージュだ。もっとも猛流はわかっていなかったようだが。

二杯目になると少しは落ち着いたのか、今度は味わって食べている。それをちらちらと見ながら敬司は、聞こうかどうしようかと悩んでいた。知りたいことは山のようにあったが、下手に聞いて巻き込まれるのは嫌なのだ。人狼ねえ、と嘆息しながら食事を進める。

敬司は聞くのを躊躇《ちゅうちょ》したが、猛流の方は遠慮なく尋ねてきた。

「大学は行かなくていいのか」

「大学？　僕はもう卒業している」

「へぇぇ、つまり二十歳を超えてるんだ。嘘だろ～」

失礼なことを言われてきっと睨んでやる。

「うるさい。二十歳じゃない、もう二十二歳だ」

「見えない～。……あ、だったら仕事は？」

猛流が時計に目をやって聞く。確かに、時計は九時を回っていた。

「……今日は午後からだ」

「午後から？　へぇ～、新卒で正社員なんだろ？　そういう会社もあるのか」

あまりこちらの事情は言いたくなかったのに、畳みかけるように聞かれてつい、入社した会社を辞めて、コンビニと居酒屋でバイトをしていることを告げてしまった。

「ふうん、まあ、世の中いろいろとあるからな」

意外とまともな返事が返ってきた。そんな気持ちで見ていたら、猛流がむっと眉を寄せる。

「馬鹿にするなよ。新聞も読んでるし、読書もする。歴代総理の名前も数代前まではばっちり言えるぞ」

ふんと胸を張られ、それは自慢になるのかと思いながらも、相手を無意識に見下していたことに気づいて謝った。

「すまなかった」

「わかればいい」

あっさりと肯き、猛流は二杯目も綺麗に食べ終えた。三杯目を要求してくるから、冷凍庫からご飯を出して解凍する。

「おまえ、よく食べるな。気を吸っても食事は必要なのか」

「おまえじゃない、大上《おおがみ》猛流だ。十九歳。大上様と呼べ」

こっちの台詞を逆手に取って言い返してくる。確かに頭もいいようだ。

「わかった、猛流だな」

苦笑しつつ訂正すると、

「様が抜けてる、しかも名前呼び」

と文句を言いながらも、満足そうな笑みを浮かべる。その笑い方がなんとも艶っぽくて、思わず見入ってしまった。

「見惚れるほどいい男だろ」

敬司の視線に気づいた猛流が照れもせず、ふふんと鼻の脇を擦って意味ありげな流し目を寄越す。

「調子に乗るな」

そんなはずあるかと返して、ぷいと顔を背けた。おかずも綺麗になくなったので、敬司は後片づけに立つ。

結局尋ねたことに対しての返事はなかった。話の流れで失念したのか、あるいは意識して無視されたのか。どちらにしろ関わるまいと、再度聞くのはやめておいた。

食器を下げて洗い始めたが、猛流はやはり手伝わずに狭い部屋の中をうろうろしている。そうしながら猛流の視線は敬司から離れない。しかも視線の向かう先は臀部《でんぶ》なのだ。見られているところがちりちりする。このエロ狼が、と胸の内で罵った。

男の尻だが、会社なら即セクハラで訴えられる執拗《しつよう》さだ。

洗い終えてタオルで手を拭きながら振り向いても、猛流は全く悪びれていない。今度は胸に視線を据え、それを次第に下げていく。股間に達する前に、

「いい加減にしろ」

と怒鳴った。

「何を？」

にやにやしながらとぼけてくる猛流に、手にしていたタオルを投げつける。

「おっと。……意外に気性が激しいんだな。弱そうに見えるのに」

苦もなく受け止めて投げ返してくる。詰《なじ》るのも無駄な気がして、敬司はさっさと追い出そうと決めた。ストレートに尋ねる。

「それでこれからどうする気だ。仲間のところに戻るのか」

「仲間？　ああ、そうだな、迎えを呼ばないと。電話貸して」

手を出すから自分のを渡してやる。

「へえ、まだガラケーなんだ」

会社務めしているときはスマホと二台持ちだったが、今は携帯だけで用が足りるから解約した。少しでも倹約しなければ、食べていくのも難しい。

「いらないなら返せ」

手を伸ばすと、すっと背中を向けられてしまう。番号を押したあと相手が出ると、

「あ、兄ちゃん」

呼びかける猛流に、え？　と敬司は顔を上げた。今、そぐわない台詞を聞いたような。

「……うん、そうなんだ。え？　見つかった？　服とか回収してくれたんだ、よかった。それで今いるのは……、そうそこ。迎えに来て、兄ちゃん」

まただ。野性味の強い洗練された容姿の猛流が連呼する「兄ちゃん」は言葉の暴力だ。

手短に要点を告げ、パタンと携帯を閉じて返してきたが、まだ唖然としていたので危うく取り落とすところだった。なんとか受け止めてカウンターに置く。

「お兄さんがいるのか」

さりげなく尋ねた。関わるまいと自制していたが、つい聞いてしまう。

「ああ、最高にかっこよくて頼りになる兄ちゃんなんだ。迎えに来てくれるって」

悪びれずに堂々と兄自慢をする猛流に、もうなんと言っていいか。敬司は「そうか」といったあとは沈黙を守った。

時間潰しにコーヒーでも淹れようと立ち上がった敬司を、また猛流の視線が追う。向けられているのは腰のライン。だがもう反論する気力もない。

猛流が返してくれたらしい気は、食事を作って食べただけで使い果たしたようだ。しんどい。今は早くここから出ていってほしい。

秘密を知った敬司自身に危険があるとは、思いつきもしなかった。

流し台の前に立つ敬司の腰を、猛流は嘗めるように見ていた。これまで見た中で一番の美尻だと思う。きゅっと締まってぷりぷりっと上を向いて。触ると程よい弾力がある。涎《よだれ》が出そうだ。

ほかの部分も細身だけど抱き心地はよかった。必要なところにきちんと筋肉がついているからだろう。

顔はぱっと見た瞬間は印象が薄いのだが、よく見ると整っていて肌も綺麗だ。最初が目立たないだけに、気がつくと目が吸い寄せられ離せなくなる。

強く迫れば言いなりになりそうな、優しげで気弱そうな雰囲気なのに、実際に押すと跳ね返してくる気の強さ。

そのギャップを猛流は面白いと思うが、人によっては馬鹿にしてと逆上させてしまうかもしれない。望まないのに、トラブルに巻き込まれるタイプだ。せっかく就職したのだろうに仕事を辞めたのも、もしかするとそのあたりが影響しているのではないか。

となると、接客業であるコンビニや居酒屋でのバイトも苦労していそうだ。

「うーん。庇護《ひご》欲《よく》を誘われるな」

懐に入れて愛でてみたい、のが猛流の心情だ。三歳の年齢差など問題ではない。自分は神代の力を受け継ぐ大神一族の直系なのだから。

大上家はもともと狼の血筋で、地方に山野を含む広大な所有地があり、大神として祭られていた。が過疎化の波にこのまま衰退するよりはと、都会への進出を計ったのだ。

猛流には、自分と同じ強い力を持つ兄の雅流《まさる》がいて、最初はその雅流がモデルとしてデビューし足場を築いた。そして猛流が成長しモデルになったときに雅流は引退し、芸能事務所を設立している。

今は猛流のほかにもモデル、役者、タレントを抱え、それを足場に様々な仕事に手を伸ばしていた。成功しているといっていいだろう。

コーヒーを飲みながら雅流について聞かれた猛流は、嬉々として兄自慢を始めた。猛流にとっては完全無欠の兄なのだ。敬司が内心で「ブラコン」と呟いているのは察していたが、別にかまわない。あれほど魅力的な狼、もとい人間を猛流はほかに知らないのだから。

当然モデルとしても一世を風靡《ふうび》したし、今でも現役復帰の声は度々かかっている。

「雅流？　お兄さんは雅流というのか？　そういえば聞いたことがあるような」

だから力説した挙げ句、敬司のそんな薄い反応に憤然《ふんぜん》としたのだ。怒気を浮かべた猛流に、敬司は慌てて弁解する。

「仕方ないだろ、ファッションや芸能関係には興味なかったんだから」

「まあいい。兄ちゃんを見て腰を抜かすなよ」

中指を立てて侮蔑《ぶべつ》してやった。

「それで、えーっと。お兄さんも変身したら仔犬になるの？」

敬司には悪気はなかったのだろう。話題を変えようとしただけだ。だがそれは、猛流の痛いところを直撃した。仔犬レベルにまで力が落ちたのは、猛流にとっては屈辱的なことだったのだ。誰かに仕掛けられた罠に嵌《は》まってのことだったから。

雑誌の撮影で、女性モデルとの絡みを無難にこなし控え室に戻ったら、差し入れが届いていた。豪奢《ごうしゃ》な胡蝶蘭《こちょうらん》だった。

ぬいぐるみや花や食べ物など、猛流のファンたちは様々なものを貢いでくるから、特におかしいとは思わないでいた。鉢植えは面倒だが、事務所に置いておけば誰かがどうにかするだろうと、ひょいと抱えてタクシーに乗ったのだ。

ところが途中でどうにも気分が悪くなり、通りかかった公園を見つけて停めてもらい降りることにした。昼に食べたものでも悪かったのか、吐き気もしている。

公園のトイレによろよろと駆け込んだあとは、記憶が途切れ途切れだ。抱えていた胡蝶蘭を落とし、鉢を割ってしまう。するとその中から別の植物が出てきた。セラニアである。セラニアは、触手で相手の精力を吸い取ってしまう妖花なのだ。

つまり胡蝶蘭を抱えている間、猛流はセラニアに精力を奪われ続けていたわけだ。わかったときにはもう手遅れで、人の姿を保っていられないどころか、仔狼レベルにまで力は落ちてしまっていた。

もしあそこに敬司が通りかからなければ、危ないところだった。

絶対に犯人を見つけて復讐する。猛流は決意を込め、ぎゅっと拳を握り締めた。

そんなふうに自分でも自分の不覚に腹が立っているのに、無神経に触れられたくない。

ガタンと音を立てて立ち上がり、身を乗り出して敬司に凄む。

「兄ちゃんが仔犬になるわけがないだろう！　銀色の毛を持つ美しい狼だ！」

迫力に押されたのか、敬司がびくっと引いた。

「あ、そうなの？　それはすまなかったというか、綺麗だろうね、銀色の狼姿は。だったら仔犬になるのは君だけ？」

兄を綺麗だと褒めたのはいいが、敬司はまたもや地雷を踏んだ。

「なんだと～～！　俺は、立派な、成人した、狼だっ」

くわっと歯を剥き出して怒鳴ったら、さすがに敬司もむっとした顔になる。

「いや、だって君が仔犬だったのはこの目で見たし。……違うの？」

「あれは、単なる事故だ。忘れろ！」

「忘れろと言われても、可愛かったし。あの仔犬でなければ僕は拾ってない。狼だったら放置だよ。怖いもの」

「なんだと！　だいたい……」

怒鳴ってさらに詰ろうとしたら、部屋のチャイムが鳴った。敬司はほっとしたように振り向き、いそいそと玄関に向かう。猛流の怒気から逃げられると思ったのだろう。その先に超弩《ちょうど》級《きゅう》の核弾頭《かくだんとう》が待ちかまえているとも知らず。

匂いと気配で兄の来訪を察していた猛流は、わくわくしながら彼らのファーストコンタクトを待ち受けた。さあ敬司驚け、と胸の中で呟きながら。

「はい、どなた……」

敬司の声が途中で止まった。ぽかんと見入っているのがここに居てもわかる。当然だ。来たのが兄ちゃんなら。

「初めまして、大上雅流と申します。このたびは弟がお世話になったそうで」

魅惑的な低音ボイスが挨拶《あいさつ》をした。狭いアパートだから、顔を突き出せば玄関も見える。ひょいと覗いてひらりと手を振った。

「兄ちゃん、ここ！」

玄関先に立った美丈夫が笑みを浮かべる。大きく広げた両腕の中に飛び込んだ。雅流がぎゅっと抱き締めてくれる。傍から見れば長身の男同士の抱擁《ほうよう》だから、敬司があっけに取られてぽかんと口を開けていた。別に気にしたりはしないが。

「無事だったのか。いきなりいなくなったと聞いて、心配していたんだぞ」

「ごめん。ちょっとどじった」

あとで話す、とこそっと耳打ちする。

雅流は、猛流と同じく百九十センチ近い長身だ。モデル時代は海外のランウェイで活躍した。完璧に整った左右対称の顔、すらりとしたスタイルのよさを未だに維持していて、まるでギリシャ神話の神のようだ。猛流が愛でてやまない麗《うるわ》しい兄である。

すりっと甘えてから身体を離し、くるりと振り向いて敬司の方を見た。目をまん丸にしているのがおかしい。

雅流がわざわざやってきたのは、まず第一に猛流を心配したからだ。次に敬司が秘密を漏らさないか自分の目で確かめるため。

今回は猛流の油断で敬司に人狼の存在がばれてしまったが、そもそも自分たちの存在は絶対

秘密なのだ。人間社会に紛《まぎ》れて生活するには。

だから敬司が秘密をばらそうとしたり、脅すネタにしようとする人間なら抹殺するしかない。その判断を雅流が下す、次代の長として。

だが猛流は楽観視していた。敬司なら大丈夫だ。自分が気に入ったのだから、雅流も気に入るに決まっている。内部に引っ張り込んでしまえば、敬司は裏切らないだろう。

猛流も雅流も鋭い嗅覚で相手を判断する。心根に問題がある人間は腐臭がするから、そんな相手を信用したりはしない。だが敬司から漂ってくるのはうっとりするようないい匂いなのだ。

うまく丸め込んでよ、と猛流は雅流に目配せする。雅流も微《かす》かに肯いた。

敬司はまだ固まっている。絶世の美貌に遭遇した一般人が、当然示す反応だ。

にやにやしている猛流に目配せしてから、雅流が敬司に声をかけた。このままでは話が進まないと思ったのだろう。

「上がらせていただいても？」

その言葉でようやく我に返った敬司が「あ、どうぞ」と顔を赤らめながら慌てて身を引いた。

「すみません、片づいてなくて」

「お構いなく」

如才《じょさい》なく答えながら、雅流の目は素早く部屋を見回した。一瞬で値踏みし終えたのだろう、今度は正面から敬司に視線を据える。

「このたびは弟がお世話になりました。あなたがいらしてくださって、本当によかった。心からお礼を言います」

猛流にも合図し、二人して深々と頭を下げた。そういえば、まだ礼を言ってなかったなと猛流も素直に従う。敬司に助けられたのは間違いないのだ。

きっちり頭を下げてから、雅流は「さて」と話を切り出した。麗しい顔に優しげな微笑を浮かべているが、目は笑っていない。

「実は困ったことになっていまして。あなたの命をいただくことになるかもしれません」

「はあ!?」

敬司にとっては青天の霹靂《へきれき》だっただろう。

今何を言われた？　命をいただく？　ちょっと待て。どうしてそんな話になるんだ。

雅流の美貌に驚いて見惚れ、長身の兄弟が抱き合う様子にあっけに取られたままほとんど自失していたから、自分の身に危険が迫るとは全く考えていなかった。だから咄嗟《とっさ》に反応できなかったのだ。

だが理解するとすぐさま猛流たちがいるのとは反対側にあるベランダに走る。逃げろと本能が命じたとおり。狭いベランダだが、そこから隣に移動できるのだ。

しかし動いた瞬間、雅流が伸ばした手にあっさりと手首を掴まれて捕まってしまう。

反応の早さが獣並みだったことで、彼らは人狼だったたと思い出す。

最初にドアを開けて雅流を認めた瞬間は、その美貌に思考力がどこかに飛び、ぼうっと見惚れて立ち尽くした。

猛流に劣らぬ長身だが、雰囲気は全く違う。野性味を帯びたきつい印象の猛流に比べて、物腰は柔らかで優しげだった。動きが優雅で、まさにプリンスチャーミング、白馬の王子様。

それなのに今、背筋には意味不明の悪寒が走り、腕には鳥肌が立っている。自分でもわけがわからないが、怖いのだ。

「逃がさないよ」

柔らかな美貌の優しげな瞳が細められると、獲物を見据える酷薄さが漂う。それを見てようやく敬司も理解した。彼は圧倒的な支配者なのだと。優しいのは、実力の違いすぎる相手に本気にならないから。子供をあやす大人の立場だからだ。

敬司は蛇に睨まれたカエル状態。

「に、逃げないから……、痛い」

懸命に作り笑いをしてアピールする。頭から呑み込まれそうな恐怖に、ようやく作った笑みも引き攣《つ》った。

「これは失礼。でも君がいけない。話し合いを避けて逃げようとするから」

「命を取ると言われたら、誰だって逃げる、よ？」

こちらを責めるような言い方をするからすぐさま反論したが、腰が引けて強く言えない。だが脅されて逃げようとした自分に非はないはず。

「わたしは取るとは言っていない。かもしれないと言っただけだ」

「そんなの、ただの言葉遊びじゃないか。俺があんたを殺すかもと言ったら、あんた、逃げるだろ？」

放してもらいたくて手首を捻りながら、懸命に抗弁する。語尾が震えそうになるのをなんとかごまかした。雅流が唇の端を上げて笑む。笑っているのに、怖くて堪らなかった。

「逃げないね。そもそも君に、わたしをどうこうできるはずがない」

うっと詰まった。確かにその通りだ。たとえが悪かったかもしれない。敬司が口籠もっていると、雅流が冷笑した。

「昔なら問答無用で抹殺するところだが、現代では殺人には多大のリスクが伴うのでね。まずは話し合いという、穏便な処置を講じることになっているんだ」

「そ、それを早く言えよ」

殺人とか抹殺とか恐ろしい単語を並べられて震え上がり、話し合うと言われて脱力した。とはいえ何を言い出すか。敬司は用心深く雅流を窺った。視線を向ければ、恐怖を凌駕《りょうが》する迫力ある美貌に囚われて、目が釘付けになる。

これが兄で、あれが弟。

ちらりと見た猛流は面白そうに成り行きを見守っていた。事故だったとは言っていたが、仔犬になっていた猛流を助けてやったのは自分なのだ。恩返ししろよと胸の中で八つ当たりする。

「現代に生きている我々にとっては、秘密を守ることが大きな意味を持っている。人間は異質な存在を認めない狭量《きょうりょう》な生き物だからな。もし君が我々のことを喋ると困ったことになる」

それはよくわかる。敬司は躊躇《ためら》いながらも肯き、少しほっとした。だったら自分が黙っていると約束すれば済むのではないかと。

「誰にも喋らない。誓うよ」

真摯な表情で告げたが、雅流はそれでは足りないと首を振った。猛流が口を挟んでくる。

「誰に誓う？　誓っても意味ないのではないか？　俺たちが信じなければ」

疑われた敬司はむっとして言い返す。

「僕は約束したら破らない」

「言うだけなら誰でも言える。酔っていても責任が持てるか？　寝言は？　何気なくぽろりと喋ってしまうことは絶対にないのか」

厳しく突っ込まれると言葉に詰まる。酔って自分を失ったことなどこれまでないが、この先もないかと問われたら、ないと断言はできない。酔いで抑制が外れることは確かだからだ。

一生寝言を言わないと約束もできない。

この秘密を生涯抱えていくには、確かに不確定要素が多すぎる。自信がなくなってきた。

「だったらどうしろと」

そろりと尋ねてみる。やはり無理難題を言い渡されるのか。

「君は猛流の恩人だから、できるだけ穏便な解決方法を考えてみた」

敬司はこくりと喉を鳴らした。いよいよだ。

「ひとまず君には、我々の用意するマンションに移動してもらう。それから今のバイトは辞めること」

「へ？」

意外に緩やかな要求に戸惑い、目をしばたく。ただ、バイトを辞めるのは……。

「バイトは困る。食べていけなくなる」

「そういうことなら、我々の息のかかったところで仕事をするのは？」

「それなら……」

言いかけたとき、猛流が嬉々として口を出した。

「うちの事務所に就職すればいい。そんで俺のマネージャー兼付き人を……」

「駄目だ、猛流」

雅流がぴしゃりと否定し、猛流はむっと唇を突き出す。

「なんで駄目なんだ」

「その話はあとだ」

抑え込んで、雅流が敬司に向き直る。

「マネージャーはともかく、事務所への就職はいい案だ。双方の利益になる。君は仕事を得るし、我々はずっと君を監視していられる。仕事に見合った給料は払うからそれでどうだ」

「正社員？」

念のために聞くと、雅流が厳しい表情を緩め、苦笑した。

「その方がよければ」

「わかった。じゃあそれで……」

肯いて承諾しようとすると、条件があった。

「一人での外出は禁止。どうしても出かけたいときは、誰かが付き添う。携帯、パソコンはこちらで預かる。使用は誰かの立ち会いの下で。定期的に履歴もチェックする。要は自由はないということだ」

そこまで束縛されるのかとちょっとショックだった。せめてもの意地で言い返したのがせいぜい。

「仕事をしているときに、常時監視なんてできるわけないだろ」

「事務所には眷属《けんぞく》もいる。人の何千倍の嗅覚や聴覚があれば、事務所内で君の行動なんてお見通しだ」

ぴしりと言い返されて、ますますへこんだけれども。

「……結局信用なんてされないんだ」

ぼやいた敬司に、雅流が尋ねてきた。

「君なら、種族の存亡にかかわる大事に、予防処置を講じないで相手を信用するか？」

「いや、無理だろうな」

自分で言って地味に落ち込んだ。理解はしても、自身を否定されたようで堪《こた》える。ため息をついた敬司に雅流が催促した。

「わかってもらえてよかった。では移動しようか」

「え!?　今から？」

「待つ理由はないだろう？」

「ないけど、でも荷物の整理や片づけは……。バイトだって今日すぐに辞めるなんて言ったら迷惑をかけてしまう」

戸惑ってワンルームの部屋を見る。半年しかいなかったけれど、それなりに荷物はある。と、雅流がパチンと指を鳴らした。ドアから数人の男たちが入ってくる。

「な、なに……？」

「引っ越しと部屋の片づけは彼らがやってくれる。バイトの方もわたしの方で手配しよう。さ、行くぞ」

手回り品だけ持ってと促され、財布や携帯を肩掛けバッグに放り込んで従った。携帯は、それはこちらにと取られてしまったが。

下には黒塗りの車が待っていた。近づいていくと、運転手がさっとドアを開けてくれる。三人が乗ると、すぐさま車は走り出した。

広い車内は三人乗っても余裕だが、いきなりの展開に敬司は呆然としている。しかも運転手付きの車って……。

「よかった。兄ちゃんならこうしてくれると思ったよ」

「おまえが気に入った相手だ。酷いことはできないだろ」

敬司そっちのけで、兄弟が会話を交わしている。

「そんなこと言って。兄ちゃんも気に入ったから穏便な方法にしたんだろ」

「そうだな」

ちらりと視線を流されて、ぞくりとした。なんだか獲物として値踏みされた気がする。

敬司が連れて行かれたのは、駅近くのビルだった。壁や窓に工夫があり、周囲のビルから抜きん出て目立っている。白亜《はくあ》の殿堂のイメージだ。

一階には広いエントランスがあり、吹き抜けの空間が解放感を与えてくれる。受付の奥にホテル並みに喫茶コーナーが設けられていて、面会や簡単な打ち合わせはここで行うようだ。

その上に事務所及び関連会社が入り、最上階に雅流たちの住まいがあるという。場所的には一等地だ。資産価値はかなりのものだろう。

最上階に上がるには専用のエレベーターが別にあり、カードキーがないと作動しない。なんかとんでもないところに来たと敬司は思った。自分の今までの環境とは桁違いだ。

エレベーターが軽い音を立てて止まる。ドアが開き出ようとした敬司の前に、黒服を着た男が立っている。出会い頭だったので、思わず「おっ」と一歩後退った。男が恭《うやうや》しく頭を下げる。

「お帰りなさいませ」

もしかしてこれが執事？　興味をそそられてじっと見ていると、雅流が男に話しかけた。

「部屋は用意できているか」

男は「もちろんです」と答え、それからおもむろに敬司に視線を向ける。

「篠宮様ですね。家令を務めさせていただいている相川《あいかわ》です。篠宮様のご滞在が快適なものとなりますよう、微力ながらお手伝いさせていただきます」

「あ、いえ、こちらこそ。よろしくお願いします」

丁寧な挨拶に焦りながら敬司も頭を下げた。下げながら、今家令と言ったよな、執事とどう違うんだと頭を捻っている。いずれにしろ、とんでもないところに来たという認識は、ますます強くなってきた。

エレベーターホールには門扉《もんぴ》が設けられていて、中に入ると重厚な玄関ドアが待ち受けていた。中に入ると玄関ホールと言いたくなるくらい無駄に広い空間だ。用意されたスリッパを履き、最初にこれから自室になる部屋に案内される。猛流たちはリビングで待つらしい。

その前に雅流が相川に敬司の携帯を渡した。

「預けておくから、使うときは相川に言ってくれ」

「お預かりいたします」

相川は恭しく受け取ってポケットに収めた。

たいして使うこともないし、かかってきたらすぐに教えてくれると言うが、使うたびに監視つきなのがなんとも気が重い。

「こちらでございます」

通されたのは、十畳は優に超えている部屋でベッドとソファセット、それにパソコンデスク、クローゼット、さらにシャワー室まで完備だ。今まで住んでいたアパートの部屋がすっぽり入っておつりが来る。

一応監視がつく軟禁状態になるわけだが、これだけ贅沢な虜囚《りょしゅう》もいないだろう。文句より感謝の言葉が出て来そうだ。

「お気に召しましたでしょうか」

相川が控えめに尋ねてくるのに敬司は苦笑した。

「これで文句を言ったら罰が当たりますよ」

「ご不自由がありましたら、なんでもおっしゃってください」

部屋の説明を受け、バスルームの使い方もレクチャーされてから、猛流たちが待つリビングに向かった。その途中に幾つもある部屋は、猛流の部屋だったり、雅流の部屋だったり、客室も幾つか、そして書斎やシアタールームなどらしい。

ビルのワンフロアすべてを使っているのだから広いのは当たり前だが、ここに住むのかと思うとため息が出そうだ。

全面ガラス張りの窓があるリビングで、猛流たちがくつろいでいた。猛流は敬司が提供したスエットから自分の服に着替えている。黒を基調としたシャツにパンツ、それにシルバーのアクセサリーをごちゃっとつけた先鋭的な格好だが、猛流にはよく似合っていた。

「部屋、気に入ったか？」

猛流がひらひらと手を振る。敬司は緊張しながらどこに座ればいいのかと部屋を見回す。

「ここに来いよ」

猛流が自分の隣をぽんと叩いた。狭い二人用の椅子だ。身体がくっついてしまう。遠慮したい。その隣に一人用の椅子があったからそちらに座った。猛流がむっと眉を寄せ、雅流がくっくっと笑っている。

「コーヒーでよろしいですか」

確認を取って相川が下がっていった。

「荷物が届いたら今日はそれを片づけてゆっくりしているといい。事務所のみんなには明日紹介しよう」

相川がコーヒーを運んできた。いい豆を使い丁寧に淹れたのだろう。敬司も口に含んで、おいしさにびっくりした。インスタントを飲み慣れているから余計にそう感じるのだろう。

「正式な履歴書は明日出してもらうが、二、三予備的に質問するぞ」

雅流の言葉に肯き、出身地、出身高校に大学、職歴、持っている資格など聞かれるままに答えた。が、実家の両親に言及されるとさすがに言葉を濁す。

「そんなに用心しなくても、秘密を守っている限り危害は加えない」

「それは、俺がヘマをしたら親に何かするってことだろ。もしそんなことをしたら、どんな手を使っても絶対に報復するからな」

雅流たちの存在に怯えていても、これだけは言っておくと表情を引き締めると、雅流は目を細め、猛流は笑い出した。

「いいだろ、この勝気さ。本気で言っているんだから堪えられない」

「確かに」

膝をばんばんと叩いて、いいだろと繰り返す猛流に、雅流も肯いている。笑われる理由がわからない。敬司は態度を硬化させる。睨んでいると、雅流が目許を和らげた。

「君の親を盾に取ることはやめておこう。あくまでも君との個人的な信頼関係だ」

そのあと会社を辞めた原因を聞かれ、事情を説明する。

「なるほど、セクハラにパワハラ。君の気性なら戦いそうなのに、なぜあっさり引いたのだ。正式に訴えても通る事案だろう」

「勝っても意味がないから。あの専務がトップに立つのは決定した未来だろ。だったら会社の行く末は危うい」

「つまり今は優良企業でも、将来は先細りと」

「そうならないことを祈ってるけどな。短い間だったけれど、あいつ以外は皆いい人たちだったから」

雅流が「人がいい」と冷笑した。

「まあこのご時世、大企業でも簡単に潰れるからな。トップは大事だよ、トップは。その点うちの事務所は兄ちゃんがトップだから、将来性抜群。敬司はいいところに就職したぜ」

猛流が自画自賛で兄を称揚《しょうよう》する。本当にブラコンなんだと猛流を見ていると、猛流に視線を向ける雅流の表情も和んでいる。つまり雅流もブラコンなわけだ。

コーヒーを飲んでいる間に荷物が届き、片づけはすぐに終わった。何しろ物が少ない。家電品は部屋に付属のものだったのでもともとないし、服もだだっ広いクローゼットにしまい込むと空きスペースが目立つ。

が、それで助かった部分もある。体力がまだ回復していないからだ。それだけ整理するのもけっこう大変だった。ガラスコップのポトスも壊れずにちゃんと届いていて、律儀なことだと苦笑しながら窓辺に置いた。

終わってやれやれとその場に座り込んでいると、やって来た猛流がクローゼットを覗き込んで「これだけか」とぼやいた。

「なーんか、寂しいな。無難なスーツ類と、あとはセンスの欠片もないシャツやジーンズ類しかないじゃないか」

「男の服なんてこんなもんだろ」

素っ気なく答えたら、猛流がパチッと親指を鳴らした。

「俺の美意識が許さない。よし行こう」

いきなり腕を掴んで引っ張られ、よろよろと雅流の書斎に連れて行かれた。

「兄ちゃん、敬司を連れてちょっと出かけてくる。俺がついていればいいんだろ」

机に座り書類を見ていた雅流が、何事だと顔を上げる。

「それはかまわないが、どこへ行く？」

「俺が専属をしているショップまで。そこなら敬司に似合うものを置いているはずなんだ」

「アミュか？」

聞き返して猛流が肯くと、雅流はしげしげと敬司を見た。

「アミュよりグレイスの方がよくないか」

「うーん、どっちがいいかな。言われてみればどちらも似合いそうだ」

グレイスというのは、以前雅流が専属をしていたアパレルメーカーなのだそうだ。

「いや、どちらもいらない。服を買う余裕なんか今の僕にはないし、身体が怠いので出かけたくない」

慌てて猛流の手を振り払う。

「そういえば、少し顔色が悪いな」

「あ、俺が精気吸ったから」

「それを早く言え」

苦笑した雅流が敬司を引き寄せた。

「え？　……っ」

あっさりと腕の中に抱き込まれ、わけがわからないうちに唇を塞がれてしまう。いきなりのことに反応できないでいるうちに、ぬるりと舌が入り込んできて中を嘗められた。歯の裏側や歯列を舌がなぞっている。最後に舌が絡んできて、ふっと身体が熱くなった。同時に脱力していた身体に力が流れ込んでくる。

「これくらいでいいだろう」

唇を放し雅流が言ったときもまだ、敬司は呆然としていた。目を見開いたまま雅流を凝視している。雅流が濡れた唇を拭いながらにやりと笑った。

「いい気を持っているな。わたしのを分けるついでに少しもらったが、美味だった」

「な……っ」

ようやく自分がされたことに気がついて、敬司は乱暴に雅流を押し退けた。雅流が触れた唇をごしごし擦る。

「冗談じゃない。セクハラするなら出て行くっ」

思い切り怒鳴ったら、雅流と猛流が二人して敬司に視線を据えた。その迫力に、びくっと一歩下がってしまう。

「兄ちゃんの気をもらったくせになんの文句があるんだよ」

「セクハラ？　なんのことかな。わたしは猛流が奪った君の気を戻しただけだが」

「な、な……」

双方から心外だと責められ、理不尽さに言葉を失う。

「わけのわからない言い方でごまかすな。今のはキスじゃないか」

ようやく反論したものの語気は鈍くなっていた。そこへいつ来たのか、相川がこほんと咳払いして口を挟んだ。

「失礼ですが、篠宮様は人間ですから、ちゃんと説明して差し上げないと、事情がおわかりでないのでは」

「確かにそうだ。敬司、まあちょっと落ち着け。さっきより楽になってないか？」

いなすように言われて、上っていた血が少し引いた。

「楽に？」

六つの目に見つめられ、敬司は自分の体力を推し量った。言われてみれば、立っているだけでしんどかったのが改善されているような……。

「わかってもらえたようだな」

雅流が満足そうに肯いたが、敬司はまだ納得していない。

「それでもあれはキスだし、ああいう接触はこちらの許可を得てからにすべきだ」

セクハラで前の会社を辞めたのに、ここでまたなんて情けなさすぎる。憤然と言い募ると、雅流は眉を顰《ひそ》めて反論してきた。

「君は人工呼吸するのに、相手の承諾を得ろと主張するのか」

「は？　人工呼吸？」

「命を救うための行動に、相手の許可は求めないだろ。さっきのはそれと同じことだ。君が外出できるように力を与えただけなのに、どうして責められなければいけない」

理解できないと言う雅流に敬司は混乱する。

「もうその辺で。猛流様、お出かけになるのでしたら急がれませんと。夕方にインタビューが入っているると聞いておりますが」

相川がまた絶妙な感じで口を挟んできた。

「そうだった。話はあとだ。とにかく行こう」

猛流が敬司を促す。

納得したわけではないのに時間がないと急かされて、気がついたらまた車に乗せられようとしている。

「ちょっと待てって」

言っている間に、後部座席に押し込まれ、隣に乗り込んで来た猛流にシートベルトを締められると運転手がすっと車を出した。走り出した車に、敬司も諦めて背凭れに寄りかかる。

「アミュで普段着を、グレイスでスーツを見よう」

こともなげに猛流が言うのに敬司は慌てて首を振る。

「さっきも言ったように、僕は今余裕がないんだ。服なんて買えるわけないだろ」

「心配しなくても費用はこっちで持つ。そもそもうちの事務所には服装規定があるぞ」

「……服装規定？」

「芸能事務所だからな。ださいセンスの従業員がうろうろしていたら、事務所のレベルも下に見られるだろう」

「そんなことが……」

あるのかもしれない。業界のことは全く知らない敬司だから、猛流の言葉を頭から否定できなくて困惑する。それでも服を買ってもらうのは……。

「頑固だな」

猛流は嘆息し、「だったらこうしよう」と提案してきた。

「おまえの借金にしておこう。給料天引で返してもらう、でどうだ」

「それなら」

なんとか折り合いがつく。

車はスムーズに高速道に乗り、猛流が目指すアミュの店舗に向かった。

アミュは猛流が着ている、シルバーの装飾品をじゃらじゃらつけた服を主に販売しているが、装飾品を外した服は、意外にシンプルで着心地がよい。色も黒だけでなく白グレイ中間色まで多彩だから、選択範囲が広かった。
一、二着のつもりだったのに、猛流はばさばさと服を積み上げていく。
「ちょっと、そんなに買うつもりはないよ」

「なんで」

「そもそも普段着だろ。事務所とは関係ないじゃないか」

今さらのことを指摘すると、猛流はむっと唇を尖らせた。

「うるさい。買うと言ったら買う。嫌なら俺が出す」

強引な言い方にかちんときたが、絶対に引かない目で凄まれて、人前で言い争うのはみっともないとひとまず折れた。

猛流は黙ってしまった敬司にふんと鼻を鳴らすと、積み上げた服を吟味《ぎんみ》し始める。全部買う気ではなかったのかと少しほっとした。とそれを察したのか猛流がまたじろりと睨んできた。

「買うつもりだったんだぞ。おまえの強情に妥協したんだ」

忌々しそうに告げられて、ふと笑みを誘われる。黙っていたら精悍《せいかん》でかっこいいのに。本質はブラコンで駄々っ子で。それでも一応こちらの希望を容れる気はあるようだ。

だが結局戻したのは一部で、さらに追加したものもあり、最終的にはこれのどこが妥協だと敬司を憤慨《ふんがい》させた。幾らの借金になるのか頭が痛い。

購入を決めた中からシャツとジャケット、それにパンツを差し出される。

「サイズはそれでいいと思うが、一応着てみてくれ」

店員が残りの購入品を畳むのを見ながら、敬司は渡されたものを抱えて試着室に入った。着替えながら、ぼやく。

「サイズを確かめるなら一番最初にすべきだろう」

もし着てみてこれが合わなかったら、今店員が畳んでいる全部を交換しなければならなくなるのに。

しかし、着込んだ服のサイズはぴったりだった。

「ま、そのあたり抜かりはないんだろうな」

何しろモデルだ。身体のサイズなどは感覚でわかるのだろう。

「着たら出てきて見せてくれ」

猛流に言われ、ドアを開ける。

「まあ、よくお似合いで」

ショップ店員が感嘆の声を上げ、猛流も満足そうに肯いた。

「サイズはこれでいいよ」

見せたからもういいだろうと試着室に戻ろうとしたら、

「これ、履いて」

と猛流に靴を差し出された。カジュアルな革靴だ。今着ている服にぴったりのチョイスだった。これも買うのかと嘆息しながら履き替えた。

「いいな」

上から下まで長め下ろした猛流が合格点を出し、店員にタグを外してくれと言った。

「ちょっと……」

敬司が戸惑っている間に値札が外され、着てきた服はショップの袋に収納される。

「自宅に届けておいて」

言い置いて、もたもたしている敬司の腕を引いてショップを出た。

「今の、支払いは？」

猛流がカードを出した様子がないから訝《いぶか》って尋ねたら、

「月末にまとめて支払うことになってる」

という返事だった。

「ちゃんと天引してくれるんだろうな」

「経理に言っておくから大丈夫だ。それよりアミュで時間取り過ぎたな。急がないと」

店を出るときに運転手に電話したから、すぐ前の通りで車が待っていた。

「悪い、グレイスに急いでくれる？　あまり時間がないんだ」

「もういいよ。時間がないんなら帰ろう」

敬司が促したが、猛流にも運転手にも無視される。車は曲がりくねった裏道をすいすい進み、信号にかからないまま うまくショップの駐車場に滑り込んだ。

「グレイスではかっちりしたスーツを買おう。イギリス風のオーソドックスなスーツが敬司には似合うと思う」

はっきりした意見を持っている猛流のおかげで、敬司は口を挟むことなくすべてが決まっていく。抵抗したが結局三着購入することになった。

「オーダー品は、日を改めてからくるのでよろしく」

猛流が言うと、わざわざ応対に出てくれていたショップの店長が、「お待ちしています」と頭を下げた。いや、ないから、とは敬司が心の中で呟いた台詞だ。吊しのものでもお高いのに、オーダーなんて冗談じゃない。

前のショップで着替えてきたせいか、そのショップの店長は「いい趣味をしておられますね」と敬司の着ているものを褒めてくれた。つまり猛流のセンスを、ということだ。猛流が「だろう？」とにやついている。

「一着は大急ぎで届けて。明日着るから。残りも早い方がいいな」

「承知しました」

店を出て車に乗り込んだ猛流が腕時計を睨んでいるのを見て申し出た。

「時間がないなら、ここで降ろしてくれたらいい。一人で帰れるから」

「何を言っている。敬司はなぜ自分が俺たちといるか忘れたのか」

「あ……」

そうだった。常に見張られている状態だった。うっかり誰かと話したら、その誰かにも迷惑がかかってしまう。言ってみれば今の自分はウイルス保持者と同じなのだ。

いったん帰宅し敬司を降ろすと、猛流はそのまま仕事に出かけていった。約束の時間にぎりぎりらしい。そこまで無理をして服なんか買わなくてもいいのに、と敬司は嘆息した。

相川が玄関まで出迎えてくれ、すでにアミュから荷物が届いていることを知らせてくれた。礼を言って自室に向かう。手伝いましょうかという申し出は、慎《つつし》んで辞退した。これくらいで人を使うなんて申し訳ない。

包みを開け、ハンガーに吊しクローゼットにしまう。いったいこれだけの服、どこに着ていけばいいのだ。自分で納得できない出費が重くのし掛かってくる。

気乗りしないままなんとか片づけたと思ったら、今度はスーツが届いた。最初の一着だ。明日着ていくように、ということなのだろう。

スーツ自体は気に入っている。色も重くならない程度の無難な紺だし、細身のシルエットがオーダーでもないのに敬司にぴったりだ。

もしオーダーだったら、今以上にぴったり身体を包み込むのだろう。

「その分、値段もするだろうけど」

一応軟禁生活のはずだが、ずいぶん優遇されていると思う。

相川が入ってきて携帯を渡してくれた。着信が入っているという。確認すると、これまでのバイト先からだった。

「おかけになるのでしたら、申し訳ないのですがわたしの前でどうぞ」

はいはいわかっているよと胸の中で呟きながら電話すると、給料の精算分を振り込んでおいたという内容だった。急に辞めてすみませんと謝ると、派遣会社から代理が来るよう手配してもらったから、気にしないでいいと言われた。それも雅流の指図なのだろう。

話し終えたあと、ついでに実家にも連絡しておく。住所が変わったことくらい言っておかないと、下手をしたら捜索願を出されてしまう。

相川にここの住所を教えてもらい、出た母親に告げた。

「社員寮みたいなもんだよ。なんとか就職できたから」

そう言うと、母親が喜んでくれた。失職してからそれなりに心配してくれていたようだ。

携帯電話を相川に渡すと、御用がありましたらお呼びくださいと言い置いて相川が出て行く。

ようやく一人になった。

「疲れたなあ」

ぼやきながらベッドに身体を投げ出す。セミダブルのベッドは、柔らかく敬司の身体を受け止めてくれた。無意識に唇を触ってしまう。猛流と雅流に口づけられた唇。雅流には人工呼吸と同じと言われたが、意識のある状態で唇が合わされればどうしたって意識するだろう。

「気を戻したと言われても」

彼らの生態が今一つよくわからない。あのキスで買物に行って動き回る力は得たが、そもそも自分から精気を吸い取らなければいいだけの話だ。腹が減ったと食事をするのに、さらに精気もいるなんてどういうことなのか。

仔犬になっていた猛流。事故だと抗弁していたが、あれは可愛かった。気が乏しくなるとあいう姿になって、気を吸収すると元に戻るのか。仔犬姿だと人間になったら子供なのか。それとも、なれないのかも。

いったいどうやって変身するのだろう。猛流は兄のことを銀色の綺麗な毛並みと言っていた。じゃあ、猛流は？　仔犬の毛並みは焦げ茶色だったから、成長したらもっと黒くなるのかもしれない。黒い狼も精悍でかっこよさそうだ。

見てみたいと思ったのは、怖いもの見たさだったかもしれない。あるいは狼も犬科。犬好きの血が騒いだのかも。

それにしてもこれまでとは全く違う環境で、どんな生活が始まるのか不安だ。もう一度あのふわふわの仔犬を抱き締めたら、不安も消えるのに。

そんなことを考えているうちに、うとうとしてしまったようだ。

ふっと目覚めるとふわふわして温かい毛皮のようなものが傍らにあり、敬司は寝惚けたままそれに身を寄せる。あ、仔犬、と思って、すりすりと頬を擦り寄せ、夢見心地で毛並みを撫でた。微睡《まどろ》みの中にあるせいで、それが仔犬よりもずいぶん大きいことには気がつかなかった。

あたりは暗くなっていて部屋の中もひんやりしている。ぬくぬくしていられたのは、それがあったからだ。

「気持ちいい」

思わず呟いて、ふわふわなものに顔を埋める。

『おい、くすぐったいぞ』

唸るような声が聞こえ、目をしょぼしょぼさせながらなんとか開いた。自分が寄り添っているものを見る。

「な、な……！」

黒い毛皮に覆われた大きな獣だった。敬司の傍らに長々と横たわっている。

ぴんと立った耳、ふさふさの毛、太い尻尾。

前肢に載せていた顔を上げ、じっと敬司を見ていた。口許から覗く牙がぎらりと光る。

「うわっ」

危機感に襲われて眠気も吹っ飛んだ。がばっと身体を起こし飛び下がる。そのままベッドから落ちかけたのを、獣が襟首を噛んで止めてくれた。そのままベッドに引き戻される。

『何を慌てている』

獣が唸った。

「放せ、放せっ」

焦って振り払ったら、大きな獣がのそりと身体を起こした。

『馬鹿、俺だ。わからないのか』

「え!?」

咄嗟に動きを止め獣を見上げる。

「……誰？」

『猛流』

人間なら眉を上げてみせる呆れた表情、を獣がやるとこうなるのか。ぐわっと唇を上げて鋭い牙を見せている。怖い。だが猛流だと言われれば、あの仔犬が成長したらこうなるかもというイメージが湧いた。

「猛流？」

『そうだ』

肯定され、パニックに陥りかけていた気持ちがやや落ち着いた。ベッドの上に座っている獣をしげしげと見る。犬のお座りポーズそのままだ。狼は犬科なんだと改めて思う。

犬だと感じれば、怖さなどはどこかに消えてしまう。さっきまで触れていたもふもふ……。

「触ってもいいか」

手をわきわきさせながら、それでも一応伺いを立てる。

『何を今さら。勝手に触っていたくせに』

指摘されて「まあそうだけど」と照れ笑いしながらそうっと手を伸ばした。頭を撫でるのはちょっと遠慮して、首筋、耳の後ろから背中へ極上の手触りを満喫する。

「手入れが行き届いて凄く綺麗だね。誰にブラッシングしてもらうの？」

いつもこの毛皮に触れている人間が羨ましいなあと、嫉妬心を覚えながら上目遣いで見ると、猛流がふんと鼻を鳴らした。

『自分でするに決まっている。毎日風呂にも入っているし、髪はシャンプーのあと必ずトリートメントしているから、綺麗なのは当たり前だろ』

「違くて……、ま、いいか。そうだ」

敬司が知りたかったのは獣姿のときはどうしているのかだったのだが。わざわざ訂正して追及することでもないと、思いついてごそごそとベッドを下り、ヘアブラシを取ってきた。触りたい思いが昂じてのことだ。これは獣毛だから犬に使ってもいいはず。

「やらせて」

ブラシを見せて頼むと、猛流がにやりと笑った。今の姿でやるとつまり牙が剥き出しになるわけだが、すでに猛流とわかっているので怖くはない。

『やらせて、より、やって、の方がおまえの台詞だろうに』

「は？　その肢じゃブラシは握れないだろ？」

色めかして言った猛流の言葉にとんちんかんな返事を返し、そのあとで真意に気がついた敬司は、彼の鼻先を指で弾いて「ふざけるな」と叱責した。

『……っ、痛いじゃないか』

ぶるると首を振り、前肢で鼻を撫でる。唸った猛流に「自業自得だ」と返した敬司は勝手に背中にブラシを当てた。絡む毛がないか指で確かめながら、梳いていく。二度三度繰り返すと、猛流が気持ちよさそうに鼻息を漏らした。

自分からその場に伏せて、もっとやれと長々と身体を伸ばす。

背中だけでなく鋭い牙の覗く口を持ち上げて、喉から胸許にかけてもブラッシングしてやった。猛流はされるままだ。思う存分撫でてブラシをかけて、モフモフ具合を満喫する。

相川が「夕食はどうなさいますか」と聞きに来るまで、敬司は気持ちよく猛流の毛を触り続けた。

食事と聞いて、ようやく空腹に気がつく。猛流が起き上がってぶるぶると身体を震わせた。

『そのブラシ、気持ちいいな。またやらせてやってもいいぞ』

「偉そうに」

言い方にはクレームをつけたが、次も触る許しが出たのかと思うと楽しみだ。猛流がのそりと部屋を出ていくのに敬司も続こうとして、相川の視線に気がついた。ベッドに散っている毛に眉を寄せている。

「ベッドメイクを命じておきます」

「あ、気がつかずにすみません」

「いえ、猛流様の毛ですから、お気になさらず」

食事はダイニングのテーブルに用意されていた。すでに雅流が席に着いている。待たせてしまったと恐縮しながら、相川が引いた椅子に腰を下ろす。さらに遅れて猛流が急ぎ足でやってくる。

「ごめん、着替えてたら遅くなった」

新聞を読んでいた雅流が手招きして猛流を呼び、頭を屈めさせて頭髪を確かめている。

「いつもは苦労する硬い毛がちゃんと収まっているじゃないか」

「ふふん、敬司がブラッシングしてくれたんだ」

「ほう〜」

雅流が敬司に視線を向けてくる。猛流の瞳も金粉が散りばめられた豪奢な眼差しだが、雅流のそれも黒瞳に金銀を華やかに散りばめたような瞳だった。

ただし見つめられると、美しさよりもその強さに、身体が固まってしまう。初対面でもそうだったが、まさに蛇に睨まれたカエル。脅されているわけではないのに、強い圧迫感を覚えた。間違いなく値踏みされている。

「ずるいな。わたしもブラシをかけてほしい」

だがそのあと、彫刻のように整った唇から出た言葉に、目をぱちぱちさせた。今のは本当に雅流が言ったのか。信じられなくて、でも気がつくと、柔らかな日だまりのような空気が漂っていて、圧迫感も消えていた。雅流が微笑んでいる。そんな顔でそんなふうに言われたら、誰が拒めるだろう。

「い、いつでもどうぞ」

ごくっと喉を鳴らしたあとで、敬司は承諾した。おそらくこれが雅流なりの和解の合図なのだろう。強制的にここまで事を運んだが、共に生活するのだから仲良くやっていこうという。

その認識は一部では恐ろしく間違っていたのだが、そのときの敬司にはわからなかった。

美しいであろう、銀色の毛皮の幻が脳裏に広がる。早く見てみたい。

食事のあと雅流はまた書斎で仕事に戻り、猛流は出かけていった。敬司も部屋に戻ったが、することがない。明日から仕事と言われているから早めに休んだ方がいいのだろうが、それにしても早すぎる。食事の前にうたた寝をしたから全く眠くない。

コーヒーを淹れてきてくれた相川にぼやくと、読書を勧められた。図書室といわれるほど蔵書が多いのだそうだ。

「各種ジャンルの本が取り揃えてありますよ」

そう聞いて、見に行った。ほんとだ。上から下までぎっしり本が詰まっている。まだ読んでいないミステリーを見つけて借りることにした。

その部屋の隣が雅流の書斎なのだそうだ。調べ物をしているときはロックしてあるから、空いているときはいつ利用してもいいと言われた。時間を潰すにはもってこいだ。

相川と話しているとき、隣室との境のドアが開き、雅流が入ってきた。シャツの袖を捲り、襟許もボタンを外しているので滑らかな肌が覗いている。さらに、整えた前髪が乱れているところなど無駄に艶冶《えんや》で、いけないシーンを見ている気になってしまった。慌てて目を逸らす。

「本を読むのか？」

物憂げに前髪を掻き上げながら聞いてきた雅流に、けっこう読むと答え、そそくさと引き上げた。

「なんだ、あれは……」

と相川に言っているのが聞こえたが、かまってはいられない。

急いで部屋に戻り胸を押さえる。なぜ心臓がどきどきしているのかわからない。男だし、狼だし……、でも綺麗だしと続いて自分でもびっくりだ。

気のせい気のせいと呟いて、先に風呂に入ることにした。シャワーを浴び用意されていたパジャマに着替えると、本を開く。ベストセラーになっただけあり、すぐに引き込まれていった。

読み終えて、もう一冊読みたかったが、寝不足はまずい。無理にでも眠ろうと、本を枕許に置いて目を閉じた。ようやくうとうとし始めたときだった。部屋のドアがするりと開き大きな獣が入ってきた。朦朧《もうろう》とした中でも猛流だと思ったから騒がないでいると、獣は身軽に敬司の横に飛び乗ってきて長々と寝そべった。

毛むくじゃらの顔が近づいてぺろりと顔を嘗められる。

また毛だらけのシーツを洗わなければならないじゃないか、とうつつ状態でぼやきながら、指を毛皮に埋めた。ふくふくと温かい、生きた毛布に包まれて、満足の吐息を零しながら深い眠りに誘われていく。

そのままほとんど意識がなくなりかけたとき、またもやドアが開いた。廊下の冷たい風が吹き抜けて、敬司は沈み込もうとしていた眠気から引き戻される。

今度はなんだと、眠い目を無理やり開けたら、銀色の獣がすたすたと部屋に入ってくるのが見えた。しかも口にブラシを咥《くわ》えて。

「え!?」

いきなり意識が覚醒する。片方の手はビロードのような毛並みの猛流に触れている。だったら今入って来たのは！

夜目にもキラキラと輝く銀色の毛を持つ獣、雅流だ！　猛流と同じくらい大きな身体を持ち、美しくしなやかに立ってこちらを見ている。敬司は息を呑んで見惚れた。

猛流は毛並みが黒っぽいということもあって、どちらかというと精悍さ、獰猛さが強く出ていたが、雅流から伝わってくるのは優雅でしなやかという印象だ。もちろん四肢に潜む強靭《きょうじん》さは十分に感じられるが。

『ブラッシングしてもらおうと思ってきたのだが。……寝ていたのなら悪かった。明日にでも』

引き返そうとするから、敬司は上擦った声で慌てて引き止めた。

「ブラッシングくらい、いつでも喜んで」

あの毛並みに触れる機会を誰が逃すものか。

身体をずらしてベッドに上がるよう促す。雅流は軽やかに跳躍して側に着地した。

『兄ちゃん』

猛流が嬉しそうに尻尾を振り兄を歓迎する。

『ずるいぞ、猛流。敬司を独り占めか』

口に咥えていたブラシをぽとりと落としてから、雅流が苦情を言う。

『兄ちゃんなら半分こでもいいよ』

敬司そっちのけで勝手なことを話す二人、いや二頭。

「おい……」

思わず身を乗り出すと、雅流の落ち着いた瞳が敬司を正面から捉えた。鼻先でブラシを押しやってくる。

『ブラッシング』

強要するように言われ、「召使いじゃないぞ」とぼやきながらもブラシを取り上げた。雅流がぺたりと腹ばいになる。

「触るよ」

声をかけてから、左手をふさふさの毛皮に埋めた。柔らかいのに弾力があって無意識に至福の笑みが浮かぶ。

唐突に悟った。このとんでもない事態を自分でも驚くほどすんなりと受け入れているのは、彼らが犬に似た美しい獣だったからだと。

子供の頃から敬司は大きな犬が好きだった。好意で見るからか、どんな犬からも好かれた。よちよち歩きの幼児が、全く恐れずにシェパードやゴールデンレトリバー、ボクサー、ブルドッグなどの大型犬に近寄っていく。その光景を見た大人たちはさぞ慌てふためいただろう。

だが、どの犬も敬司にかかってはおとなしかった。噛むことも唸ることも嫌がることもなく。

中には飼い主でさえ凶暴さを持て余していた犬すらも、敬司が「だめでちゅよ、めっ」と言うだけでおとなしくなったと、近所で評判だった。

そんな敬司が猛流や雅流に驚喜しないはずがない。

手でそうっと撫でてから、敬司はブラシを当てる。縺《もつ》れたところはまず手で解し、ブラシで艶を出す。

「綺麗だなあ」

内心の思いが、知らず声になっていた。

『それは恐縮』

雅流がおかしそうに答え、敬司は自分が言葉にしていたことに気がつく。面映《おもは》ゆかったが、真実なので特に訂正もしない。

頭から背中、尻尾まで艶が出るまでブラッシングしたあと、雅流に横になるように言った。

喉から腹まで丁寧にブラシをかける。雅流は半眼になって心地よさそうだ。

伏せの姿勢で背後から見ていた猛流が羨ましそうに鼻を鳴らす。

『俺ももう一度してほしい』

『駄目だ。敬司は明日仕事だ。終わったら休ませないと』

『え〜〜！』

不満そうな声に敬司は振り向いて笑いかける。

「いいよ、やってあげるから。ちょっと待ってろ」

『だったらわたしはもういいから。猛流の方を』

雅流が半身を起こし、ぶるると身体を震わせた。

『気持ちよかった。ありがとう』

礼を言われて敬司も悪い気はしない。監禁と言いつつ、この生活は天国じゃないだろうか。

身体の向きを変え猛流にブラシをかけ始めた敬司に、雅流が背後から覗き込んでくる。項のあたりに鼻息がかかってくすぐったかったので、犬や猫にするようにパチンと鼻先を叩き、無造作に押し退けた。それが気に触ったらしい。

『何をする』

唸るように咎められ、はっとした。相手は狼の姿はしているが、自分より年上の男だ。人の姿をしていれば、鼻を叩くみたいな、そんな失礼なことはしなかっただろう。

急いでごめんと謝った。だが雅流は面白くなかったらしい。不機嫌に唸っただけだ。どうしようと迷ったが、一応謝ったことだしと、雅流に背を向け猛流のブラッシングを再開した。それが無視したという誤解を招き、さらに雅流を怒らせたらしい。

雅流が再び肩に顎を載せ、顔を突き出してきた。今度は息が耳朶《じだ》にかかる。ぞくっと鳥肌が立った。これはきっとわざとだ。

「やめろよ」

敬司も、謝ったのにと思っているから、言葉がきつくなる。きっぱり言って押し退けた。が、雅流はかまわずまた顔を近づけてくる。しかも俯いて剥き出しになっていた項《うなじ》をぺろりと嘗められた。敬司は思わず「ひゃっ」と奇妙な声を上げ、首筋を押さえて雅流を睨む。

「やめろって」

『何を。わたしは見ていただけだ』

とぼけた調子で言われたが、敬司はごまかすなと追及した。

「嘗めただろ」

『それは、仕方がない。君からは誘うようないい匂いがしているのだ。不可抗力だ』

開き直った言い方にむっとする。

「誘ってない！」

否定した途端に猛流が笑い出す。

『でも媚香みたいに匂うのはほんとだぜ、だから俺も誘われたんだ』

意味ありげに歯を剥き出して笑う猛流に、敬司は忘れてしまいたい記憶を刺激される。とにかく否定しなければと、声を大きくした。

「だから、誘ってないって言ってる。僕がファムファタールのような言い方をするな」

『おまえは男だからオムファタールだろ』

「揚げ足を取るなっ」

つい猛流にも怒鳴ってしまった。直後にうっと首を竦めたのは、二頭揃って敬司をじっと凝視してきたからだ。その鋭い獣の目に敬司はたじたじとなる。さっと興奮が冷めた。

ここは彼らの家で、自分は監視されるためにここに連れて来られたわけで、反抗的な態度はまずかったかも。そもそも、気安く狼姿の雅流の鼻を叩いたこっちが悪い。

もう一度謝ろうかと迷っているうちに、雅流が首を伸ばし挑発するように項を嘗めてきた。

そして前からは猛流が、敬司の喉に舌を伸ばす。二頭に前後から迫られて頭を振り、押し退けようと両手を左右に突っ張った。

「……っ、よせって！」

だが彼らは首を一振りしただけで敬司の手をはたき落とし、さらに露骨に迫り始めた。

背後から雅流が耳朶をちろちろと嘗める。敬司は大きく肩を揺らし、ぱっと耳を押さえると雅流を押しやった。

すると猛流が兄への援護とばかり、雅流を押しやった敬司の手首をカプリと噛む。ちゃんと加減しているらしく牙が食い込むことこそなかったが、鋭い牙に自分の手首が挟まれているのを見ると、抗う気力は削がれてしまう。

猛流が敬司を牙で牽制している間に、雅流は首を伸ばして頬から唇をべろんと嘗めた。

「よせ、やめろ」

嫌だと顔を背けても雅流の舌が執拗に追いかけてくるし、猛流が手首を放さないので大きく身体をずらすことができない。この状態で腕を引き抜くのは怖いし。

そうして逡巡しているうちに、雅流はさらに攻勢に出てきた。前肢で後ろ襟を引っ張るようにして肩を露出させると、長い舌を肩甲骨に向けて伸ばしてきたのだ。項から背骨にかけてねっとりと嘗められる。

「やめ……、ひゃっ、嫌だと……、っあ、あ、んっ」

最後は裏返った艶声もどきになって、敬司は掴まれていない方の手でぱっと口を押さえ身体を強張らせた。自分がそんな声を出したのが信じられなくて、でも猛流と雅流が牙をちらりと剥き出して笑っているのを見るとやはり自分が……。

『甘い気になった。感じたんだ』

猛流がにやにやしながら雅流に言った。

『確かに。そそられるな』

そして再び二頭揃って敬司を見る。思わず身の危険を感じて、自由になったのを幸い尻で後退った。

『おっと、面白くなってきたのに、逃がすかよ』

猛流が敬司の身体を押し倒す。雅流も隣から前肢を胸に載せてきた。四つの目が楽しそうに爛々《らんらん》と輝いている。獣二頭に圧し掛かられた体勢に、敬司の頬が引き攣った。彼らの余裕ある態度を見ると、これはまだ遊び半分、ちょっかいをかけているだけのように思えるのだが。

危機感を煽られたのは、ちらりと見えた猛流の腹。もしかして、昂っている……？

さすがに血の気が引いた。まさかこのまま獣姦されるのか……！

犬は大好きだけどそんな趣味はない。恐怖が敬司を闇雲な抵抗に駆り立てる。

「嫌だ！　嫌だっ」

叫んで、彼らの鋭い牙や爪などまるで無視で暴れた。全身から冷や汗を噴き出させ、鳥肌を立て、まさに火事場の馬鹿力を振り絞って暴れる敬司に、さすがに持て余したようだ。

『甘い気が、酸っぱくなった』

猛流がぼやいて雅流を見る。

『この姿では駄目なようだな。怖がらせて無理やりというのは趣味じゃない。変身しよう』

叫びながら暴れている敬司には、もちろん二人の会話は聞こえない。麗しい美貌がいきなりアップになって唇を塞がれて、初めて彼らがもう獣姿ではないことに気がついた。

別の手が宥《なだ》めるように何度も身体を撫で、「落ち着け」とずっと人の声で話しかけられていたことも。パニックのためにすべて目や耳を素通りしていたのだ。

唇を塞いだ雅流は、舌を差し入れて中を嘗め回す。歯列をくすぐられ、歯茎の裏側や頬の内側も雅流の餌食になった。舌が触れると、ぞくりとする場所がある。

「ここか……」

続けてそこを舌でつつかれて背筋を電流が走り、肌が粟立った。まだパニックから回復しない敬司は、自分が何に反応しているのかわかっていない。ただ人肌に左右から包まれていることを理解しただけだ。強張っていた身体から力が抜けていく。

「ようし、いい子だ」

雅流が額にキスをして微笑みかけてきた。

「子供じゃない」

むっとして言い返したが、自分の曝した狂乱ぶりを思い出すと、さすがに引いた。

「確かに子供にはできない暴れようだった」

猛流に揶揄されて、ぷいと顔を背ける。

「……誰だってこんなときは必死で抵抗する」

「俺たちは何もしていないぜ。勝手に想像して暴れたのはそっち」

それも間違いではないから、唇を噛んだ。これ以上何か言うとさらに墓穴を掘りそうだ。

「何を想像したのか、聞いてみたい気もするが」

雅流が笑みを含んで言った。きっと察しているんだ。敬司の口から「獣姦」と言わせたあとで、また獣姿で迫ってくるのかも。

敬司のした無礼な振る舞いに、彼らなりに報復しているのだということはわかっている。甘んじて受けるべきだとも。しかし敬司からすれば、些細なことでしつこいだけだ。ここはうまく話を逸らして……。

「……ところで、どうして裸なんだ」

わざと快活な調子を作り、尋ねた。

「変身するときに毛皮を服に変えることもできるが、今はこの姿がよさそうだったから」

「そうそう。おしおきなんでね。先に俺たちを侮辱したのはそっちだから、相応の罰は当然だろ？」

頬が引き攣る。一番まずい質問をしてしまった。

「でも、わざとじゃない。ほんとにくすぐったかったから、つい押し退けただけなんだ」

「そんな言い訳で納得するとでも？」

「じゃあ、どうすれば……」

「甘い気を吸わせろ」

猛流がぐいと顔を突き出してきた。つい押されて身を引く。

「……触るだけ？」

怖々尋ねたら、それにはにやりと笑みが返ってきただけだ。

嫌だと思ったが、彼らが獣姿だったときほどの嫌悪感はない。本当は、男同士だし3Pというこの状況だって普通ではないのだが、「獣姦」のショックが大き過ぎたのだ。

だから雅流の麗しい顔が迫ってくると、身体を硬くしながらぎゅっと目を閉じた。

「抵抗しないのか？」

「してもやめてくれないんだろ」

「正解」

そのまま唇が重なってきた。完璧なカーブを描く彼の唇が物憂く動いている。抵抗しようという気持ちが見る見る消えていった。

閉じた瞼の裏に、麗しい雅流の顔の残像が浮かぶ。綺麗なのに、凛々しい眉やときおり鋭い光を帯びる瞳のせいで、軟弱さとは無縁だ。自分もよく綺麗だといわれるが、質がまるで違う。凛々しい男らしさがあった。

達者な口づけは、豊富な経験を思わせる。合わさった隙間から忍び込んできた唇も、驚くほど巧《たく》みに敬司の官能をついてきた。

「んっ……」

甘い吐息が零れ落ちる。

「やべえ、ぞくぞくする」

猛流の声がした。裸の身体を押しつけてくる。強靭な力を秘めたしっかりした身体だ。腰に硬いモノが触れる。やはり勃起していたのだ。

猛流の手が敬司の身体をさまよい始める。巧みにパジャマのボタンを外し、あっという間に裸に剥かれてしまった。雅流に口づけで酔わされていた敬司が、抵抗を思いつく隙もなかった。

脱がせたパジャマをベッド下に放り投げると、猛流は手を滑らせてくる。肩から胸に、そして小さな突起へと。きゅっと抓まれて身体がびくんと跳ねた。

「ちっちゃいのに敏感だ」

「い、言うな……」

指で触れたあとは、温かな粘膜に包まれる。口の中に含まれたのだ。舌でコロコロと転がされると、そのたびに腰に熱が溜まっていく。

「男としたことがあるのか」

雅流が口づけを解き、猛流の愛撫で身悶える敬司に聞いた。勃ち始めている性器を見られている。それでも。

「あ、あるはず、ない……っ」

そうだ、自分は異性愛者だったはず。だが、全く男は駄目かというと、この二人に触られている今は自信がない。

仕事を辞めた原因が上司のセクハラだったのが皮肉だ。結局相手によるのだろう。

初めての男との情交に、相手が二人。ハードルが高いはずなのに、抵抗しつつも身体は素直に快感に流されていく。それはおそらく、二人が強引傲慢に事を運びながらも、敬司が本当に嫌がることはしないという配慮があるからだろう。

獣姿から人間に変わったのもそうだった。鳥肌を立てるほどの嫌悪に、譲歩してくれたのだ。

猛流が胸を重点的に弄っているのを見て、雅流は下腹に目を向ける。腹からゆっくりと撫でて下生えを梳き、力を蓄えつつある性器に触れた。

「やめ……、触……な」

さすがに動揺し、引き剥がそうと指を伸ばす。雅流が笑って、邪魔するなとばかり払い除けられた。勃ち上がっていた昂りが雅流の手に握られてしまう。きゅっきゅっと扱かれて、あっという間に膨張していく自身が情けない。

「こっちも反応がいい。小ぶりだが形がいいな」

雅流の言葉に猛流が嬉々として賛成する。

「顔と同じで綺麗だろ。ピンク色だし、初々しいし」

「……っ、馬鹿。な、にが、ピンクだ……、んっ」

初々しいなどと侮辱も甚だしい。抗議するが、途中で「うるさい」と猛流に唇を塞がれて言葉を封じられた。

下唇を嘗められ甘噛みされる。それだけで官能を掻き立てられて、敬司は堪らず身をのたうたせた。その後舌がするりと入り込んできて、さっき雅流が刺激して燻《くすぶ》っていたままの場所を煽られる。さらに官能を刺激されて敬司が呻き声を上げた。

「文句ばかり言う口だけど、やっぱり素直に反応するな」

おとなしくなって喘ぐばかりになった敬司に猛流が満足そうに笑い、濡れた唇を拭って再び胸への愛撫に戻った。片方ずつささやかな乳首を口で愛撫され、指できゅっと抓まれる。特に痛いほど強く吸われたときは、きーんと脳髄が痺れた。快感が波のように全身に広がっていく。

両脚は雅流に広げられ、恥ずかしい場所を晒しながらいいように撓《たわ》められている。片方の脚を肩に担がれた姿勢を取らされたときは、さすがに羞恥で脚をばたつかせたが「縛られたい？」と甘い笑みで脅かされると、びくっとして動きを止めた。

引き攣った顔で見上げる敬司に極上の微笑みを投げてから、雅流は内股の敏感なところに点々と愛咬《あいこう》の痕を散らしていく。射精感が高まるとわざと放置され、切なくて身を捩《よじ》った。

「イきたい……」

と訴えたが、まだだと首を振られる。それならと自分で触ろうとしたが阻止され、快感の行き場がなくて熱い息を零した。

雅流の手が、昂りをあやしながらその奥に伸びていく。双球をこりこりと揉まれ、さらに奥のすぼまりを意味ありげに撫でられた。乾いた場所を弄られても違和感しかない。しかもそんな場所……。

「そこは、嫌だ」

言ったのに指を入れられた。ぴりっと痛みが走り、身体が硬直する。昂りがしんなりと力を失った。

「ああ、これは駄目だ」

雅流が指を抜く。ほっと息を吐いた。だがそれで解放されたわけではなかった。性器から零れだした先走りを指に取って、蕾に塗りつけてきたのだ。しかもゆるゆると撫でてそのあたりを解し、再び指を入れてこようとする。

敬司は反射的に後ろを締め、侵入を拒んだ。がそれをこじ開けて、雅流の指が入ってくる。さっきよりはすんなり入ってしまったが、挿れられた敬司は苦しい。はっはっと喘ぐように息をして、異物感に冷や汗をかく。

「抜いて……、抜けって」

喘ぎながら雅流の肩を掴むが、きついなと言いつつ、雅流は中で指を動かそうとしている。しかも、さらにもう一本押し込もうとするから、情けない声を上げてしまった。

「やめてくれ……っ、頼むから」

雅流が動きを止め、敬司の様子を窺う。

「解せば入るだろう？」

愛撫の手を休めて見ていた猛流が口を挟んだ。

「入るわけない……、嫌だ、痛いんだ」

慌てて拒み、痛いと嫌だを言い続けると、雅流が、

「そうだな。今日は無理みたいだな」

と呟き、指を抜いてくれた。でもまた入れられるのではないかと身体を硬くして警戒する。

猛流が不満そうに雅流を見た。

「なんで！」

「この狭さだ。無理やり挿れたら傷つける。少しずつ広げて慣らしていくしかない。もともとおしおきのつもりだったんだ。甘い気も吸えたし、十分だろう」

「楽しみにしていたのに……」

まだ渋る猛流に、雅流が笑いかけた。

「お楽しみはあとに取っておくものだ」

少しずつ慣らすとか、お楽しみはあととか不安を覚える言葉だが、取り敢えずやめてくれたことが敬司を落ち着かせる。あとのことはそのときにまた考えればいい。彼らなら、心から嫌だと拒絶したら聞いてくれるだろう。

これで解放されそうだとほっとしたのに、続いた猛流の台詞にぎくりとする。

「仕方ないな。けどここまで来たんだから、イって終わろうぜ」

「そうだな。まずはここからだ」

賛成した雅流が再び敬司の昂りに触れる。

「いいから、もう触らないでくれ……あ、ああっ、んっ、やぁ」

慌てて拒んだのに、巧みに煽られて、いったん柔らかくなっていたモノがあっという間に復活する。イく寸前まで昂っていたから、刺激されるとひとたまりもないのだ。強弱をつけて追い上げられる。

猛流には胸を触られた。雅流の手の動きに合わせるように、芯を持ってしまった尖りを弄られ、抓み上げたり揉み込んだりされて、電流が走り抜ける。さらに喘ぐように開いていた唇に、猛流がキスを仕掛けてきた。縮こまっていた舌を舐られ甘噛みされて、快楽の壺を押される。

胸から腰から、そして唇からも、押し寄せる重層化した快感に身悶えた。昂りの先端からはどんどん蜜が溢れてくる。

「そろそろだな。猛流」

雅流の合図で猛流が胸の突起を押し潰した。雅流は敬司の昂りの一番感じやすい先端部分を指で抉《えぐ》る。息を詰め最後の階段を駆け上がる。頭の芯が白く濁った。

「イくんだ」

低い唆《そそのか》すような雅流の声が最後の一押しになる。昂りが弾けた。びくびくと震える肉棒から、ねっとりとした液体が吐き出されて雅流の手を汚し、自らの腹を濡らした。

「たっぷり出たな」

はあはあと喘いでいる敬司のそこを最後まで搾り出すように扱いてから、雅流が手を放した。濡れた指を嘗めている。猛流も腹に散った敬司の白濁を拭い取って口に運んだ。

「うん、おいしい」

敬司はイった衝撃で半ば以上気を飛ばしている。何をされているのかわからないでいる間に、吐き出したモノは二人に綺麗に嘗め取られた。その後右手を雅流が、左手を猛流が取って、それぞれの熱塊を握らせる。

「あ、なんか触られるだけで気持ちいい」

猛流が感に堪えないように口走った。

「敬司の気が直接伝わってくるからだ」

雅流も肯き、それぞれが握らせた手の上から自分の手を被せ、勝手に動かし始める。

「自慰みたいなのが、ちょっと嫌だな」

猛流が不満を残す声で言ったのを雅流が窘める。

「受ける方の負担が大きいんだ。甘い気を吸いたければ、敬司を消耗させないよう気をつけないと。自分のことばかりでは駄目だぞ」

「それはわかってるけど」

意識はぼうっとしていても、二人の会話は聞こえていた。気遣う言葉のようだが、聞きようによっては餌扱いだ。しかも、二人を相手にするのが既定のように言っている。

冗談じゃない。こちらの了解なしにそんなことさせるものか。今はイった余韻で身体が痺れていて、猛流たちに文句を言うこともできないが、元気になったら必ず言ってやる。

自分は餌でもおもちゃでもなく、意志を持った人間だと。

それから程なく二人も達したようで、手に温い液体の感触がした。嫌だ、気持ち悪いというよりも、人狼でもこれは同じなのかと妙に感慨深かった。

湯で濡らしたタオルで身体を綺麗に拭いてくれ、パジャマも着せてくれた。甲斐甲斐しく世話をしたあと気配が消えたので、ようやく一人になれたとほっとしたら、それから程なく左右に獣が乗り上がってきた。

また何かされるのかと身体を硬くすると、気配を察したのか雅流が含み笑いで言った。

『もう何もしない』

そして敬司の手をそっと噛んで自分の身体に導く。艶やかな毛に無意識に指を潜らせていた。反対側からは猛流が同じようにしてくる。

言わなければ、このまま流されるつもりはないと。

そう考えながらも、心地よい純毛の手触りに癒され、敬司はすとんと眠りに落ちていく。疲労には勝てなかったのだ。

左右の獣が起き上がる気配で目が覚める。

『まだ早いから寝ていろ』

雅流に囁かれ、浮かびかけた意識は再び眠りの底に落ちていく。指先から獣毛がするりと抜けていくのが残念だった。滑らかで素敵な手触りだったのに。

次に起きたのは、相川が起こしに来てくれたときだ。

朝食の席には雅流がいた。うっと思わず足が止まってしまう。昨夜のあれやこれやが走馬燈のように通り過ぎ、どんな態度を取ればいいのか迷う。

敬司の逡巡を察したように雅流がおかしそうにこちらを見なければ、敬司はいつまでも出入り口で怯んでいただろう。

からかうように眉を上げられると、何くそと思う。ブラッシングをしてやる好意があそこまでエスカレートしたのは、雅流と猛流のせいだ。

丹田に力を入れ挨拶をすると平静な顔を繕《つくろ》って食卓につく。

「猛流は？」

「早朝の撮影があってね、もう出かけたよ」

雅流が答えている間に、相川が焼きたてのパンやオムレツ、サラダなどを運んでくれた。

「いただきます」

とカトラリーを手にする。少し遅くなったのを気にして急いで食べていると、雅流が慌てることはないと制止した。

「通勤時間はないに等しいから、ゆっくりしていい」

確かに上から下に行くだけだが、初出勤にそうも言っていられない。

「余裕を持って出勤したいので」

「真面目なんだな」

感心されたが、なんとなくわざとらしく聞こえる。昨夜の痴態が頭にあるからなのか。もし馬鹿にする気なら、こちらにも考えがあると身体を硬くしたが、雅流はそれ以上何も言わず、食後のコーヒーを飲みながら新聞に目を落とした。

ほっとして残りの食事を済ませる。

朝食が済むといったん部屋に戻り、猛流が見立ててくれたスーツを着込み、雅流について階下に向かった。

「帰宅するときは会社から相川に電話すれば、ロックを解除してくれる。悪いが合い鍵は持たせない。それと、社内には仲間もいるが、何も知らない普通の人間もいるので、わたしたちのことは口外無用。誰とは言わないが、監視の目があることを忘れないように」

「あ、はい、わかりました。気をつけます」

答えると雅流が眉を上げてからかってくる。

「タメ口じゃないんだ」

「一応けじめだと思うので」

「いい心がけだ。君のことは表向き遠い縁戚だと言ってあるからそのつもりで。ここに住んでいることだし、急な入社の理由としてもその方が通りやすい」

「わかりました」

肯いた敬司を雅流が連れて行ったのは、総務課だった。受付、庶務、会計、人事など雑務一般を担当しているそうだ。ほかには企画や広告宣伝、営業、マネージャー統括部門などがあるという。

「まずはここからスタートするのがいいだろう。猛流がマネージャー云々と言っていたが、それは改めて相談しよう。まずは我が社に慣れてから」

「はい、頑張ります」

事情はともかく、正社員として雇ってもらったのだ。仕事には全力を尽くす。

課長に紹介され、十人いる所員に挨拶した。

「何かあったら連絡してくれ」

言い置いて雅流が社長室に向かったあと、課長は、黒岐《くろき》という女性社員を呼び寄せた。

「黒岐君、頼むよ。いろいろ教えてあげてくれないか。手続きが済んだらわたしが各部署に案内するから」

呼ばれてきたのは、長身でスタイルのいい女性だった。大きめの丸い眼鏡をかけていても、きりっとした怜悧《れいり》な顔をしているのはわかる。シャープな印象を、コミカルな丸い眼鏡が和らげていた。それを狙って眼鏡を選んでいるのかもしれない。

課長に敬司を預けられると、興味津々でこちらを見た。ハイヒールを履いているせいで、敬司より身長がある。いや脱いでもあまり変わらないかも。女性としては高い方だろう。顔も綺麗だから、もしかしたらもともとはモデル志望でここに来たのかもしれない。

「ここの最上階で、社長たちと一緒に住むの？」

女性にしてはハスキーな声だ。

「ええ。こちらに雇ってもらったのに住まいの手配が間に合わなくて。いずれアパートでも借りるつもりでいます」

「ふうん、そうなんだ」

急だったから机の準備ができていないとかで、一緒にフロアの一番端にある倉庫に向かう。

「遠い親戚ですって？　この時期に新入社員と聞いてびっくりりよ」

隅の方に置かれていた机を引っ張り出しながら、気さくに話しかけられる。

「前の会社を退職してからなかなか就職できなくて、困っていたから助かりました」

「コネだろうとなんだろうと、仕事ができれば誰も何も言わないわよ。頑張って」

「頑張ります」

などとやり取りをしている間に、軽々と抱えて台車に乗せる姿に唖然とした。さらに椅子をその上にひょいと置いて、さっさと歩き出す。敬司が手を出す隙もない。わざわざついてくる必要はなかったのではないか。

「僕が押しましょう」

と申し出ても、

「この台車、押すのにコツがあるのよ」

と大らかに言って、台車をすいすい押しながら闊歩していく。仕方なくその後ろから、手持ち無沙汰についていった。それぞれの部屋にどの部署が入っているか教えてもらったので、全く無駄ではなかったが。

部屋に机を置くときも、黒岐がちょいちょいと片づけてしまった。手の出しようがなくて突っ立って見ていた敬司に、隣席の男が苦笑する。黒岐が台車を戻すためにその場を離れるのを待って「気にしないでいいよ」と声をかけてくれた。

「うちの女王様は怪力なんだ」

「女王様ですか」

「綺麗だけど、お姫様って感じじゃないしね」

「はあ。そうですね」

確か丸井《まるい》さんだった。紹介されたとき、顔も身体もまん丸で覚えやすいと、失礼ながら考えたことを覚えている。首から下げているスタッフ証で、間違いないことを確認した。

台車を返しに行った黒岐が戻ってきて、記入が必要な書類を差し出してきた。保険や年金の手続きもある。敬司がそれらを記入している間、黒岐は自分の仕事をしにいった。部屋を見回すと皆忙しそうにしている。早く仕事を覚えて、役に立てるようにならなくては。

その後敬司は、課長と一緒に各部署を回って挨拶した。半端な時期の入社なので、興味津々で見る者もいるし、気さくに声をかけてくる者、あるいは素っ気ない者といろいろだ。

接した限りでは皆人間のようで、事務所内に眷属がいると雅流は言っていたが、誰がそうなのかさっぱりわからない。もっとも敬司にあっさりばれるようでは困るだろう。

昼は社員食堂に行く。そこのメニューを食べてもいいし、持ち込みもOK、もちろん外で食べてきてもいいのだと、付き添ってくれた黒岐が教えてくれた。

「でも安くておいしいから、ここで済ます人が多いのよ。ところで、社長たち、自宅ではどんな感じ？　部屋はどうなってるの？　マンションのフロア全部を使っているから広いのでしょうね。間取りは？」

いきなり矢継ぎ早に尋ねられて、たじたじとなる。じっと目を覗き込まれて、黒岐の黒い瞳が深淵《しんえん》のように感じられた。どんどん視野が狭まってきて意識が希薄になり、気がつくと口を開いている。

「玄関を入って右手の奥が社長の部屋で、猛流の部屋が続いている。僕の部屋は通路を挟んだ反対側で……」

喋っている間も黒岐がずっと何かを言っていた。窓とか鍵とか聞こえたような気がする。だがはっきりとは聞こえなかった。

そのときだ。誰かがフォークを落としたのかカツンという音がして、敬司はびくっと身体を震わせ唇を閉じる。今自分は何を話していた？　間取りを聞かれて、なんで素直に話してしまったのか。

「すみません、えっとその、プライベートは、勘弁してください」

口籠もりながら断ったら、ちっと舌打ちが聞こえた。え？　と顔を上げたが、黒岐は笑みを浮かべているだけだ。

「こちらこそ、興味津々で聞いてしまってごめんなさい。これまで、聞ける人がいなかったから、つい。でもあなたの立場では、喋ったらまずいわよね」

さっぱりした言い方だったのでほっとする。

それにしても、どうして話してしまったのか。自分で自分がわからない。

午後にはもうパソコンが届いていた。データの流出が怖いので、パソコンは社内 LAN で繋がっているだけらしい。外部に接続できるのは課長席の隣にある一台のみ。そのパソコンは社内 LAN には繋がっていないという徹底ぶりだ。

「所属するモデルやタレントのプロフィールやスケジュールもパソコンで管理しているから、外に漏れたらたいへんなの」

ネットに繋がっていなければ、確かに情報流出はない。なるほどと肯いた。

敬司にアクセス番号が割り振られ、社員名簿、所属するモデルやタレントたちのプロフィール、スケジュールなどが閲覧できるようになる。

黒岐は必要なことを教えてくれながら、自分の仕事もしている。敬司がかかってくる電話に積極的に出たら喜ばれた。それくらいと思っても、礼を言われると嬉しい。

一日が終わるのがあっという間だった。初日なので、その日は定時で帰るよう言われた。週末には歓迎会を開いてくれるという。ありがたいことだ。

相川に電話すると、エレベーターホールまで来てくれた。

「お疲れ様でした」

相川が笑顔で迎えてくれ、無事に初日が終わったとほっとする。部屋で着替えていると内線でコーヒーがいるかと聞かれ頼むことにした。たいした仕事はしていないが、初日なので神経を使って疲れている。

ソファに長々と身体を伸ばしながら、相川が届けてくれたコーヒーを行儀悪く啜った。配属されたのが総務課だから、一般的な事務作業がこの先しばらくは自分の仕事になるのだろう。慣れたら猛流のマネージャーをやることになるのだろうか。自分にできるのかな。

業界のことなんて何もわからないのに。そもそもここに連れて来られたきっかけの人狼のことだって、知らないことばかりだ。

「相川さんも、人狼なんだろうな。聞いてみようか」

思い立つとじっとしていられなかった。まだ全部は飲んでいなかったコーヒーカップを手にして部屋を出る。相川は黒服の上からエプロンをかけてキッチンで食事の支度をしていた。老舗カフェのバリスタみたいでなかなかかっこいい。

「どうかされましたか？」

気配で敬司の接近を察知したのだろう。ずっと下を向いていたのにさすがだ。

「えっと、実はここにお邪魔することになって、雇ってもいただいたのですが、業界のことなど全くわからないので、何か参考書はないでしょうか。それと、いろいろお伺いできたらと。でもお料理されているんですね。またお手すきのときにでも……」

「いえ、大丈夫ですよ。もう下拵《したごしら》えは済みましたから」

相川が手を拭きながらダイニングの方に出てきた。

「すみません。お忙しいのにご迷惑をかけて」

「ちっとも迷惑ではありません。雅流様からあなた様の御用を務めるように言いつかっています。お答えできることでしたらお話ししますよ」

コーヒーのおかわりはと聞かれて、お願いしますとカップを差し出した。

相川がコーヒーを立てている間に本の題名を聞いて、図書室に向かう。暴露本や、業界内の決まり事に関する本とか、芸能人になるためのハウツー本まであった。

「芸能人になるわけじゃないんですけどね」

苦笑しながらその本を示すと、相川が苦笑する。

「芸能プロダクションの裏事情などが詳しく書いてあります。参考になると思いますよ。それにあなたなら、十分芸能人になれるでしょう。雅流様からそういうお話は？」

「とんでもないです。あるわけないです。あの二人を見て自分もなんて、絶対にあり得ません」

慌てて手を振って力強く否定した。相川が「そんなに謙遜なさらなくても」とおかしそうに笑う。

新しいコーヒーが入り、相川が「さて」と居住まいを正す。

「お聞きになりたいのはどういうことですか？」

「……あの、相川さんも猛流たちと同じなんですか」

まずは遠回しに確認すると、相川は苦笑しながら肯いた。

「ただしわたしは、傍流のさらに傍流なので、同族と言っていただくのも申し訳ないくらいです。雅流様や猛流様のような力はありません」

そうして相川は雅流たちが、地元では山の神として崇められていた血筋なのだと告げる。狼すなわち大神だった過去の栄光。だが過疎化の波は山にも訪れ、周辺人口も激減した。危機感を抱いた雅流が、都会に拠点を移すと決断したのだ。

「今ではかなりの人数がこちらに移住してきています。もちろん故郷も大事なので、荒廃しないよう守る者は残っていますが」

「秘密がばれると、まずいですよね」

「まずいです」

相川がきっぱりと肯いた。

「篠宮様にはぜひぜひ秘密を守っていただきたいです。種族の存亡にかかわりますから。我々個々の能力がどれだけ優れていても、集団対個では勝ち目はありません。でもしばらくのご辛抱ですよ。あなたのような芳《かぐわ》しい気を持っている方なら、すぐに信頼されるはずです。雅流様もそこはわかっておられますから」

「はい？」

「実はわたしもたった今、少しですがあなたの気をいただいてしまいました。了解もなく申し訳ないです。それだけ美味な気をお持ちだと自覚なさった方がいい」

「や、それは……」

そういえば雅流や猛流もそんなことを言っていた。自分ではわからないが。腕を持ち上げてくんくんと嗅いでみた。

「匂いではないのですよ？」

相川が微笑んだ。雅流から遅くなると連絡があり、相川は一人分の夕食を手早く整えてくれる。手伝うと申し出たら、「これはわたしの仕事ですから」と断られてしまった。

食事のあと借りた数冊の本を抱えて自室に戻る。ベッドに寝転んで、読みやすそうなのから手に取った。昨日気がついていれば、今日は予備知識を持って出社できたのに。うかうかとミステリーなどを読んでしまったのが悔やまれる。

ハウツー本がけっこう面白かった。著名プロダクションに所属する方法とか、いいマネージャーをつけてもらう方法とか、表の駆け引き裏の駆け引きなども、熾烈だなあと感想を持つ。ここに書かれていることがすべて真実だとは限らないし、そのあたりはこれから自分で体験するわけだが、億の金が動くのだから、厳しいのは当然かもしれない。

「タレントで採用されなくてよかった。こんな根性、僕にはないよ。そもそもあり得ないことだけど」

相川がお世辞を言って持ち上げてくれたが、敬司自身は芸能人オーラなんて自分にはないと思っている。向き不向きで言えば不向きだ。なりたいと思ったこともないけれど。

途中でいったん読書を中断し、シャワーを浴びてパジャマに着替えた。ベッドに戻る前に、出入り口のドアの前で少し悩む。

また今夜も彼らが来たら……。

獣姿の彼らを愛でる至福は捨てがたいけれど、その先にエスカレートするのは嫌だ。迷った末、ロックした。カチャンという音が彼らを拒絶するようで、敬司はしばらくその場に佇んでいた。外そうか。いや、やはりかけておくべきだ。

きっぱりと踵《きびす》を返しベッドに戻る。読み終えて次の本にも手を伸ばした。が今度は電気をつけたまま、途中で眠ってしまったようだ。やはり初日で気を張り、疲れていたからだろう。

電気が消え傍らに獣の気配を感じて、ぱっと意識が戻り身体を起こす。

「猛流!?」

『猛流じゃない』

横たわろうとしていた獣が、不満そうに唸った。仄かな明かりに、長々と身体を伸ばす銀色に輝く毛並みが見える。雅流だ。

「鍵、かけたのに」

『誰の家だと思っているんだ。マスターキーがあるに決まっているだろう』

片方の目を眠そうに開けた雅流は、敬司が固まっているのを見るとのそりと起きて、太い前肢で肩を押した。仰向けに倒される。胸に前肢を置かれたから起き上がれない。昨夜の記憶が蘇る。

「やめろ！　よせ」

『騒ぐな。いいから寝ろ』

「しかし……！」

寝ろと言われてもこの状態で寝られるわけがない。また何をされるか。

『寝ろと言っている。こっちは明日も早いんだ』

「だったら自分のベッドで寝ればいいだろ」

『君の気が心地いい。それと、夜に誰かと連絡するかもしれないから見張りだ』

白々しい。携帯もなくパソコンもネットに繋がらない状況で、どうやって連絡が取れるのだ。しれっとそんなことを言うから、「馬鹿にしている」と押し退けようとしたが、全力で下から押してもびくりともしない。力尽くでは敵わないのが悔しい。無意識に身を引いた。

敬司の抵抗に雅流が不機嫌に唸った。鋭い牙が覗く。

『何もしないから寝ろ』

「この状態で眠れるわけがないだろ。退いてくれよ」

朝は敬語を使っていたが、今はそんな気もない。とにかく押さえつける体勢から解放してもらいたいばかりだ。

身体を捻ったり、手足をジタバタ動かしたりしていると、雅流が深いため息をついた。

『今夜は猛流がいないし、君も疲れているから見逃そうと思っていたのに』

「な、なに……？」

怯んだところに雅流が顔を近づけてくる。ぎくりと固まったら、おかしそうにその様子を眺めてから、喉に舌を這わせてきた。

「ひゃっ」

思わず声が出て首を竦め、雅流を押しやると食ってかかる。

「しないって言ったじゃないか！」

『気が変わった。少し相手をしてもらおう』

「勝手なことを言うな」

『勝手かな。どちらかというと、君の自業自得だろう。おとなしくしていたらそのまま寝ていたのに。昨日もだが、君は少し先走りすぎる』

そう言って、雅流は首を嘗め耳朶を嘗めパジャマの上から胸を甘噛みした。

『お、気が甘くなった』

「う、うるさい」

獣姿なのに、嫌悪がない。昨日もしっかり感じていたのだ。まずいと自分を励まして、逃れようと腕を振り回す。それを楽々押さえつけた雅流が、耳から項にかけて嘗めては歯を立てる。

十分加減しているのだろう、痛いよりはむず痒い。尾てい骨から脳髄まで震えが駆け抜けて、ますますまずい気がする。

「いやだ、やめろ」

抵抗の言葉を吐くが、雅流は気にも留めないで今度はパジャマの裾を捲り上げ鼻先を突っ込んできた。腹をべろべろと嘗められて、息を詰める。臍のあたりを執拗に嘗め回した舌が、上に向かって動き出した。脇腹、そして胸。ささやかな突起を嘗められて、電流が走った。

「……っ」

腰に血流が集まり始める。昨日と全く同じ展開で、節操のない自分が情けない。

獣に嘗められてどうして感じるのか。もちろんこれが本当に野生の獣だったら、恐怖と嫌悪で震え上がっているだろう。だが今の姿は狼でも、雅流なのだ。あの華やかで美しい……。

しかも押し退けようと伸ばした手に触れるのは、艶やかな獣毛。つい撫でたくなって、抵抗する気持ちに雑念が入る。

『邪魔だな』

いったん頭を引き抜いた雅流が、敬司の服を噛んで引っ張った。

「ちょ……、やめろ」

そのまま噛み千切られそうになったから、慌てて阻止する。

『だったら脱げ』

「嫌だって言っているのに」

『肌の感触を味わいたいだけなのに。なんなら獣姦までいくか？　濃い精をくれるというなら、遠慮なくもらうぞ？』

面白そうに眺め下ろされる。昨日獣姦されると先走って暴れたことを揶揄されているのだ。しかも敬司の動揺を誘うためか、わざわざ舌なめずりまで……。

敬司はぐっと唇を噛む。昨日みたいな無様な姿を晒すのはごめんだ。落ち着けと自分を励まし、正面から雅流を見上げる。

「獣姦は嫌だ」

『と、断言されるのも癪《しゃく》に障《さわ》るな』

どうしてやろうかと考えるふうに見えたので、エスカレートしそうな事態を避けるために、敬司は急いでシャツのボタンに手をかけた。肌の感触を味わうだけならまだ許容範囲だ。それ以上を思いとどまってもらうためにもここは潔く……。

敬司はパジャマのボタンを外して前を晒した。

『まあいいだろう』

雅流が微かに鼻を鳴らし、じっくりと眺めたあとで鼻先を近づけてきた。

雅流の呼気は草原の香りがする。嘗められるところを見たくなくてぎゅっと目を閉じた敬司の脳裏には、大草原を駆け回る狼の群れが見えた。

先頭に立つのは雅流。銀色の閃光のように草原を駆け抜け、見事に獲物を捕らえた。誇らしげにきっと顔を上げた雅流の足下に横たわる獲物が、自分なのだろうか。

雅流に執拗に胸の突起を嘗められているうちに、うずうずし始めた。腰を動かしては止める。が、次第に我慢できなくなり、ひっきりなしに腰をもじつかせることになった。

雅流は長い舌を駆使して、突起から顎、首筋にまで嘗める範囲を拡大する。そのたびに嘗められたところから、快感が立ち上った。

こんなことで感じさせられる自分が嫌で、シーツを掴む手に力が入る。

「……っ、ぁ、やっ。おかしい。なんで感じるんだ」

ついに声を上げた。

『落ち着け。刺激されたら感じるのは当たり前だ。抗わずに素直に感じていろ。その方が気も美味だ』

勝手なことを言う。これまでと違う自分を、そんなに簡単に受け入れられるわけがない。と思っているのに、身体はやすやすと雅流の愛撫に屈していく。

雅流は首や耳、頬から喉に舌を這わせ、再び乳首に戻るとひとしきり嘗め回した。やんわり歯も立ててくる。それからさらに下に向かい、臍とその周辺を唾液まみれにする。

喘ぎながら敬司は、醜態を曝すまいと堪えていた。だが雅流の鼻先がパジャマのウエストのゴムをかいくぐろうとするのを感じると、反射的に跳ね起きて尻で後退った。

「そこは嫌だ」

『ちょっと触るだけだ』

宥めるように言いながら、雅流が再び前肢で敬司を押さえ込みにかかる。ちょっとと言ってもどこまでする気なのか。巧みに言いくるめられるから信用できない。

そもそも添い寝するだけと最初は言っていたのに。昨日も今日も自らから墓穴を掘ったのはわかっていても……。

「嫌なんだ」

だから敬司は、襟許を掻き合わせてそれだけを告げた。

『そうか？　ここは違うことを言っているが』

含み笑いをし、雅流は敬司の股間にぱふんと前肢を置いた。熱を孕《はら》んでいる部分を刺激されてひくひくと震える。雅流は愉快そうに歯を剥き出して笑い、今度はズボンのウエストに牙を引っかけ脱がそうとする。

「な……、やめろ」

敬司は慌ててウエストを押さえ、雅流と引っ張り合った。

攻防を繰り返しているときだ。いきなり部屋のドアが開き、人間姿の猛流が猛然と駆け込んでくる。中の様子を見るなり、指を突き出して喚いた。

「やっぱり！　ずるい、兄ちゃん、独り占めするなんて」

『なんだ、おまえ、帰ってきたのか』

いいところだったのにと舌打ちしながら、雅流が敬司の上から身体を退かせた。助かったと脱力した敬司を、大股で歩いてきた猛流が抱き締める。

「ああほっとする。この匂い、この空気。独り占めなんかさせないぜ」

強く抱き締められて息が苦しい。猛流の背に回した手で、背中を叩いた。

「放せ、苦しい……」

「おっと悪かった」

肩を掴まれて押し放され、ようやく息をつく。なんとか呼吸を取り戻すと、腕を突っ張って猛流を邪険に押し退ける。

「おい、冷たいなあ。助けてやったのに」

「猛流、仕事はどうした」

人声だ。猛流の背後に立つ相手に視線を向ける。バスローブ姿の雅流が立っていた。今の間に狼から人に変身したのだろう。うわっ、変わる瞬間を見たかった。状況に関係なく、咄嗟にそう思ってしまう。

「超特急で終わらせた。早く帰りたくて」

「雑な仕事をしていたら減給だぞ」

「抜かりはないさ。シャープで鮮烈な写真になった、と言われたよ」

猛流がピッと親指を立てる。ならいいがという雅流の前で、猛流がすっと敬司に顔を近づけてきて鼻を蠢《うごめ》かした。

「やっぱいい匂いだ」

腕の中に抱き寄せようとするから、すっと躱す。

「なんだよ」

不満そうに睨む猛流に部屋のドアを示した。

「もう寝るから出ていってくれないか」

「はあ？　なんだその仕打ちは。俺はおまえに会いたくて早く帰ってきたんだぞ」

「頼んでない」

ぼそっと呟いた敬司に、雅流が噴き出した。

「確かにね。さて、どうする、猛流」

「社長、あなたもです。僕は明日も仕事があるし、あなたもそうですよね」

雅流がおかしそうに片方の眉を吊り上げる。

「また敬語に戻っている。さっきまではタメ口だったのに」

「タメ口だったのは、夜這いみたいなことをされて驚いたからです。けじめは大切だと思っていますので」

「夜這いみたいじゃなくて、夜這いのつもりだったのだが」

人を食ったような態度で笑う雅流は無視だ、無視。最初は添い寝だけとか言っていたくせに。

猛流が雅流を押し退けて前に出てきた。

「俺にも敬語使えよ」

「なんで使わなきゃならない。君は年下だし僕の上司でもない」

「猛流の負けだな」

くっくっと笑いながら言う雅流に、猛流が不満げな顔を向けた。

「俺が追い出されるなら、兄ちゃんも一緒だ」

腕を引っ張って連れ出そうとするのに素直に引かれていく雅流を見ていると、

「本当にいいのか？　収まってないだろ、それ」

とわざとらしく下半身に視線を向けてくるので、反射的に膝を引き寄せて股間を隠す。猛流がくわっと歯を剥き出した。

「兄ちゃん、どこまでしたんだ！」

「嘗めただけだ」

「ならいいけど」

何がいいんだ！　とむっとした敬司は、その怒りも借りて強気で押す。

「さっさと出ていってください」

ようやく二人が出て行ってドアを閉ざすと、敬司ははあっと息を吐き、緊張していた身体から力を抜く。一時はどうなるかと思った。強気で押しながらも、内心ではびくついていた。雅流も猛流も面白がって乗ってくれたから助かった。彼らが本気なら、部屋から追い出すなんて絶対無理だった。

気持ちを落ち着かせるためにシャワーを浴びに行く。雅流に指摘されたように腰にわだかまりが残っているが、気を逸らせば落ち着くはずだ。温水シャワーのあとに、冷水を浴びる。

「うわっ、冷たっ」

さすがに長く浴びることはできず、温水に切り替え、温まってから出た。冷水を浴びたおかげか、身体の熱は収まっていた。

何か飲み物が欲しかったが、部屋から出てダイニングに行く気にはなれなかった。またちょっかいを出されるのはごめんだ。明日電気ポットくらいは手配しておこう。

洗面所で水を飲んで気持ちを落ち着かせる。

ドライヤーで髪を乾かしたあと時計を見ると、すでに深夜二時を回っていた。寝なければ。明日も仕事だ。

横になると、さすがに疲れが出てすとんと意識が消えた。それがどうしてまた目が覚めたのか。闇の中ぽかりと目を開けて、気配を探る。窓の方だ。

ここはビルの最上階、気のせいだと、そのままたとろとろと眠りに引き込まれていく。と

そのとき、いきなり黒い塊が唸り声を飛び込んできた。そして何かが激しくぶつかる気配。片方が弾け飛び、窓から飛びだしていく。

さすがに目が覚めた。

「な、なんだ……？」

目をぱちくりさせていると、黒い獣がとっとと身軽に歩み寄ってきて、とんとベッドに飛び乗ってきた。

『侵入者だ。窓が開いていたぞ。不用心な。気をつけろ』

猛流だ。

「気をつけろって、ここビルの最上階……」

『まあ、人間じゃないだろうな。結界を擦り抜けているところで』

ぞっと震え上がる。

「人外……、そんなものがいるんだ」

さすがに絶句した。

『俺たちだって人外だぜ』

そういえばそうだが、でも狼以外にもそんな妖がうろついているのか。

『兄ちゃんが気がついて、俺を呼んだんだ。逃げられたのは不覚だった。取り敢えず俺がここにいるから寝ろ。もうやってこないだろ』

寝る態勢になりながら猛流が横柄《おうへい》に命じる。布団を引き上げながら、気になって聞いてみる。

「あれ、なんだったんだ？」

『さあ、正体を見極める暇がなかったから。噛んだときの感触で、なんとなく蛇性かなあとは思ったが、はっきりとはわからん。それより、戸締まりは気をつけろよ』

「うっ、わかった」

開いていたと指摘されれば言われれば何も言えない。自分では開けたつもりはなかったが。

そういえば誰かが窓だの鍵だの言っていた気がするが、あれは誰だったのか。あまりにも曖《あい》昧《まい》な記憶で、自分との会話の中だったたか、人の会話を聞いたのかもわからない。

翌日、起きたらもう猛流はいなかった。改めて礼を言いたかったたし、もう一度侵入者の正体についても話したかったのだが、仕方がない。

相川に見送られて事務所に向かった。二日目も覚えることが多くてきりきり舞いだ。教育係の黒岐に幾度となく質問するはめになったが、そのたびに丁寧に教えてくれ、好意的なので助かった。

「手首、どうしたんですか？」

手を伸ばしたとき手首の包帯に気がついて聞くと、どじったのと苦笑していた。ドアにぶつけて手首を痛めたのでテーピングしているのだそうだ。

昼食は丸井に誘われて社員食堂に行く。

鯖定食を食べている手をふと止めて顔を上げた。丸い身体つきの彼は、人狼なのか普通の人間なのか。ついまじまじ見て想像してみる。雅流たちを参考に狼に変身させてみたら、全体に丸々と太ったユーモラスな身体が浮かんできた。つい笑いそうになり、

「ん？　どうした。時間がなくなるぞ」

促されて我に返り、失礼だぞと自らを戒めながら箸を進めた。

「それにしても……」

と今度は丸井につくづくと見られて、なんですかと尋ねる。

「君、綺麗な顔をしているんだね」

「は!?」

突然言われて戸惑った。

「いやさ、最初はこう見逃すというか、視線が素通りしちゃうんだけど」

「印象薄いってよく言われます」

思わず苦笑してしまう。

「確かにそうだけど、よく見ると、なかなかどうして整った顔をしてるなって。うちの女王様も、君のことが気に入ったみたいだね。あんなに面倒見がいいのは初めて見たよ」

「そうなんですか？」

黒岐は親切で、教え方も丁寧だったから、美人なのに気さくな人だと思っていましたと告げると、とんでもないと大げさに否定された。

「仕事は有能なんだけど、つんときつくて冷たくて。高嶺の花って感じだよ」

そうなのか？　二日目ではまだよくわからない。

昨日よりは遅く、それでも十分に早い時間に退社する。猛流は一日スタジオにカンヅメだとかでまだ帰ってきていない。雅流は接待で不在だ。

一人の食事は慣れているしそこは苦にならないが、そのあとの時間の潰し方に困る。パソコンも携帯もないからだ。

自室に戻り、何気なく窓を見る。念のために確かめると、ちゃんと鍵がかかっていた。

そうだよな。この時期開けて寝たら寒いから開けたりしない。じゃあどうして昨日は開いていたのか。

「わかんないなあ」

ごそごそと布団に潜り込み、目を閉じる。雅流と猛流が当然のように入り込んできて、ふかふかと温かな毛皮に挟まれて寝ていたことに、朝になって気がついた。しかもなんとなく気怠い。えっちをした記憶はないから、これは気を吸われたのだろう。

一日中しんどかったので、その夜、倦怠感に襲われるまで吸うなと文句を言ったら、気をつけようとは言われたが、二度としないとは言われなかった。

だったら別方面からと、「ベッドが狭いから嫌だ」と入ってこないでくれと拒絶したら、たちまち巨大なベッドが搬入されてきた。

仕事から帰ってそれを見たときは嘆息した。まるきり無駄だったどころか、ベッドが大きくなったということは、一緒に寝るのが当たり前になってしまうのではないか。薄々予想はしていたが、手配が早すぎる。

相川が申し訳なさそうな顔をしていた。

「雅流様に言われて、わたしが手配しました。お気に障りましたら申し訳ないです」

「いえ、あなたのせいではないですから」

「でも篠宮様には感謝しているのですよ。おかげでお二人とも、これまでになく健やかにお過ごしで。あなたの気には浄化作用もおありなんでしょうか」

などと言われ赤面してしまう。

結局、迫り迫られの攻防戦は、ほとんど毎日のように繰り返された。

思う存分彼らの毛皮に触れられるのは嬉しいが、それだけで済まないから困る。

たとえば、今日は疲れたから癒されたいと、雅流が頭を擦りつけてきたりする。愛しさが湧き起こり、巨大な狼の頭を思う存分抱き締めたり撫でたりして愛でてから、リラックスさせるためにブラッシングしてやると、たいがい気配を察して猛流も乱入してくる。

「兄ちゃんだけ、ずるい」

というのが猛流の言い分だ。獣姿になって自分用のブラシを（さんざん吟味して自分で購入してきた）咥えて持ってくる。ぴんと立った耳や凛々しい風貌の中にも、仔犬だったときの愛らしさの余韻があるから、思わずこちらも抱き締めてしまう。

そうした敬司の行動に彼らはつけ込んでくるのだ。その先を期待するのは当然だろうと迫られ、そんなつもりじゃないと押しやると、がばっとのし掛かられる。

押し退けても押し退けても、最後は、二人の舌攻撃で気持ちよくさせられて屈してしまうのが、いつものパターンだ。

近頃ではバックだけはなんとか死守しているが、あとは二人の意のままに喘がされイかされるていたらくで、それに慣れてきているのが我ながら腑甲斐ない。

いくら獣が好きでもこれは別だ。だから、彼らを拒絶すればなんの問題もないのに。大きくて凶暴な獣におまえだけと懐いてこられると、もう堪らない。めろめろのでれでれ状態。

そして、あっと思ったときは押し倒されているのだ。進歩がない。

とはいえ、強引であっても無理やりではないから、敬司も許してしまうのかもしれない。今もどうしても嫌なところは、彼らが引いてくれる。その見極めも絶妙だ。

日中の仕事は細かな決まり事を覚えて、次第に手助け程度はできるようになっている。黒岐がつきっきりで教えてくれたおかげだ。同じ部署だから食事を一緒に取ることが増え、周囲からやっかまれた。何しろ黒岐は事務所内で一番の美人なのだ。

あとは夜の問題が片づけばいいのだが。それと一度だけ侵入してきた不審な影。あれから結界を強化したとのことで、二度と入り込まれることはないだろうけれど。

敬司はふとため息をついた。「監禁生活」はとても快適だ。快適すぎて困るほど。

そんなある日、雅流に社長室に呼ばれた。

なんだろうと行ってみると、一通の手紙を示された。元の会社の社名が印刷してある。嫌な予感がした。

案の定、雅流に読むように言われて目を通すと、酷い内容だった。人事部からで注意勧告となっているその手紙は、敬司の当社での評判は最悪で、客先からも苦情が殺到した。問題が起こる前に解雇することを勧めるなどと、敬司を貶《おとし》めることが綴ってあった。

「でたらめです」

手紙を放り出すと、敬司はぎりっと歯軋りした。こんな手紙を寄越すのは、元の上司に決まっている。それにしてもここまでするかと、悔しい。再就職先にも、面接を受けるたびにこんな手紙を送っていたのだろうか。だから断られ続けた？

雅流がどう判断するかと、懸念しながら彼を見上げた。辞めた事情は説明してあるが、実際に会社名でこんな文書が来たら疑いを持つだろう。

「君を雇った経緯が経緯だから、就職の前に邪魔ができなかったんだろうな。それにしても執念深い」

手紙を拾い上げた雅流がぴんと弾いて言った言葉に、ほっと胸を撫で下ろす。雅流がおかしそうに敬司を見る。

「わたしがこれしきのことに影響されると思ったのか？　見くびってもらっては困るな」

なんだか胸が熱くなってきた。前の会社では、上司の無茶ぶりを訴えても、なかなか信じてもらえなかった。いや、内心では信じていても男の立場が専務で次期社長だから、ないことにされたのだ。孤軍奮闘だったのが、ようやく後ろ盾を見つけた気分だ。

「しかしこのままにしておくのはまずいな。今はネットもあるから、君の評判を貶めようとしたらいくらでもできる。我が社にしても、そんな相手を雇ったなんて言われるのは心外だから、法的処置を取ると通告しておこう。どうせ叩けば埃が出る男だろう？」

「いろいろ、出ると思います」

声を詰まらせながら、敬司は言った。感動のしすぎで、気を緩めると涙声になりそうだったのだ。

「うちが使っている法律事務所に任せるから、もし直接何か言ってきたら一人で対処しないこと。わたしに言いなさい。こちらからの書類が届いたら、慌てて君に連絡してくるかもしれないから」

「はい、ありがとうございます」

「それだけだ。課長から聞いているよ。有能で助かっていると。諸事情で君に来てもらったが、仕事面では評価しているから」

深く頭を下げて社長室を出た。ドアを閉めて大きく深呼吸する。これまで心のどこかに重苦しく残っていた鬱屈感が、綺麗に晴れた気分だ。事情があって勤務することになったところだが、もっと仕事を頑張ろうという意欲が膨れ上がってきた。

「よしっ」

拳を握り気合いを入れて、仕事に戻る。

その後先方に、弁護士事務所から文書が送られたと聞いた。会社宛の内容証明つき正式な抗議書だ。上層部では、専務がそんな文書を送ったと知らなかったらしい。すぐに弁護士の方に連絡が入り、謝罪と二度としないという覚え書きが交わされた。

抗議書と共に、調査事務所に調べさせた専務の過去の汚点を添付したのが効いたようだ。敬司は結果を聞いて、これでもう心配いらないと心からほっとした。

ところが、もう二度と煩《わずら》わされることはないだろうという思惑を裏切って、元上司が事務所に乗り込んできた。頭に血が上って見境がなくなったらしい。

受付に元上司が来て暴れていると連絡をもらい、慌てて下りてみたら、全身から怒気を噴き出させた元上司が、受付の女性に何やら怒鳴っていた。警備員が万一に備えて待機しているが、手を出していいかどうか対処に困っているようだ。

「騒ぎを起こされては困ります。周りの迷惑です」

敬司は毅然と声をかける。もう彼は上司ではない。しかもえげつない手を使ってことごとく敬司の邪魔をした男。遠慮なんかする必要はない。

「わたしをこんなところで待たせるとは何事だ。直ちに応接室に通してお茶の一杯も持ってくるのが普通だろう」

でっぷり太った大柄の身体を、オーダーメイドのスーツで包んでそっくり返っている姿は、ペンギンみたいだ。燕尾服を着せたらさぞ似合ったことだろう。ひたすら滑稽な相手の態度がおかしくて、これまでの憤りをぶつけてやろうという気がなくなった。

相手の言葉に反応したら、そのレベルに下りることになる。関わらないのが一番と穏便な態度を取ることにした。

「ここには応接室はありません。そもそもタレントが大勢出入りしているので、部外者の方は受付までしかお通しできないのです」

「無礼なっ。わたしは部外者ではないだろう。君の上司だ」

顎を上げて言い放つ元上司に呆れる。

「それは違うな。今彼の上司はわたしだ。あなたは元上司にすぎない」

言い返そうとした敬司の肩に手を置いて止め、口を挟んできたのは雅流だった。突然現れた偉丈夫に、元上司が怯むのがわかった。こんなに簡単にびびる男だったのか。

「その通りです。あなたは僕にとってなんの関係もない人です。お帰りください。そもそも関係ないこんなところで喚き立てるなんて、会社の恥ですよ。そんな自覚もないのですか」

雅流の援護の下、敬司はつけつけと言い放つ。

「なんだと！」

激昂した男が掴みかかろうとしたのを、軽々と止めたのが猛流だった。

「暴力反対」

騒ぎを聞いて、雅流と共に下りてきたらしい。とぼけて言った言葉に反発した元上司が、逃れようと手首を捻ったり蹴飛ばそうとしたりしたが、万力のように締めつける猛流の指はびくともしなかった。

最後は痛い痛いと言い出したので、ロビーから追い出した。ドアを開け突き飛ばしてその場で雅流が宣言する。

「あなたの悪事の証拠はまだまだある。なんなら会社の金をカジノで使い込んだこともばらしましょうか」

「な……っ」

「それが嫌なら、帰っておとなしくしているんですね。万一篠宮君への誹謗中傷が外部に漏れたら、あなたの悪事も一斉にネットに流れますよ。言動には十分お気をつけください」

最後に、優雅な一礼をすると、雅流はくるりと踵を返した。猛流と敬司を従えて、さっさと社長室へ戻っていく。

社長室で気を落ち着かせるためにコーヒーを飲んだ。猛流は「なんだ、あれ」と憤慨して「よかったな、うちに就職して。あれが社長になったらすぐに潰れるぞ」などと言う。本当にそうだと敬司も思う。

「あれだけ言えばもう大丈夫だろう。さすがに会社から縁を切られるのはあの男も困るからな」

敬司はちらりと雅流を見た。

「カジノで使い込んだって本当ですか？」

「本当だ。百億円くらい使ったらしいぞ。本社で決済するとばれるから、地方支社で清算させたらしい」

「ひ、百億……」

聞いただけで目が回った。

「辞めたのは大正解。下手したら敬司が尻ぬぐいさせられたかもしれない」

「冗談……」

引き攣った顔で否定したが、あの元上司ならあり得ると内心で肯定する。

秘密を知ってしまい自由を取り上げられているが、あの上司と一蓮托生になるよりは、今の生活の方が絶対にいいと、敬司は心底思ったのだった。


「兄ちゃん！」

猛流が社長室に駆け込んできた。撮影からそのままやってきたらしい。着ているスタイリッシュな服はアパレルブランド、アミュのデザインだ。撮影に使ったものを気に入って、そのまま着てきたらしい。

猛流が着ると動く広告塔になるから、アミュの側でも無償で提供することが多いのだ。

精悍で男っぽい雰囲気で、獰猛な気配を漂わす猛流だが、雅流の前では甘えっ子全開になる。年が離れていたから可愛がって甘やかしたせいだろう。

これで人前に出すと、鋭い視線は下手なヤクザやマフィアより迫力がある。まあ、実力も本物だから、ますます被写体として魅力が増すのだろう。

どこからも引っ張りだこの間に、次にどう進むか、現在思案中だ。

「お疲れ。撮影は？」

「もう！　ちゃんとしてるってば。苦情なんか来ていないだろ。それよりこれ」

むくれて言い返して、そのあとまたぱっと表情を変え、小脇に抱えてきた黒っぽいケースをうきうきと差し出してくる。表情豊かなところも、猛流のいいところだ。

「なんだ？」

首を傾げると、猛流はにやにやしながらケースから内箱を取り出した。そして、

「じゃーん」

効果音つきで開いて見せたのは……。

雅流はさっと手を伸ばしてバタンと蓋を閉じた。上から手で押さえて、猛流を睨む。

「馬鹿。なんでこんなところに持ってきたんだ。時と場所を弁《わきま》えろ」

雅流が思わず叱責したのは、中身が大人のおもちゃと言われる類のものだったからだ。

大小のバイブがずらりと並び、ローションの入ったプラスティックの瓶や拘束具、ほかにも用途のわからないものが整然と並んでいた。芸能事務所の社長室にあっていいものではない。

「ちょっと兄ちゃんに見せたかっただけじゃん。そんなに怒らなくても」

ぶつぶつ言いながら、猛流は兄の手から内箱を引き抜きケースにしまう。

「どこで手に入れた」

「ネットで、マネージャー名で申し込んで、マネージャー宅に送ってもらった」

猛流がピンとケースを弾いた。まあそれならいいかと、それなりに頭を使ったらしい猛流に肯いてみせる。

「それにしてもどうしてそんなものを」

「敬司に使ってみようと思ってさ」

「敬司に？」

「そりゃ、今のやり取りも楽しいけどさ、そろそろ次のステップに進んでもいいんじゃないか。きつくて入らないなら拡張するしかないし、この中の一番小さいのなら指より細いから、そこから始めたらどうかな」

雅流はまじまじと猛流を見上げる。

「本気か」

「もちろん、大本気」

猛流がばっと胸を張った。雅流は視線を落としてやれやれと嘆息する。

「敬司がさせると思うか？　指を挿れるだけでも大騒ぎしているのに」

雅流が言うと、「そこだよ！」と猛流が身を乗り出した。

「そもそも、させてもらうという態度がよくない。俺たちは狼なんだからガンガン攻めるべきだ。相手の同意を待つだなんて悠長すぎる。いったいいつになるやらわからないじゃないか」

最後はわざとらしく、ふうっとため息までついてみせる。芝居気たっぷりの猛流を雅流が睨んだ。

「そうして敬司を壊すのか？　あの男は納得すれば甘い気を出すが、無理やりとか意に染まないことをさせると、たちまち濁ったまずい気を吐いてくる。あの極上の癒される気の持ち主が、汚泥交じりの気を吐くようになるんだぞ。いいのかそれで」

そこでいったん言葉を切り、雅流は持論を猛流に対して展開する。

「そもそも性行為は双方の合意で行うべきで、力尽くや無理強いは、強者としての矜持《きょうじ》を捨てるものだ。しかも相手の気をまずくする。甘く熟した気こそが、我々の糧となり力となる」

「それはわかってるけど。でもさあ、最近敬司のやつ生意気なんだぜ。ほら総務に黒岐って女がいただろ。それと接近しているみたいだし。少しくらいおしおきをしたって……」

「黒岐？」

「そ。ちょっとこっち来て」

猛流は敬司を引っ張って、社長室に付属しているセキュリティルームに連れて行く。

そこにはビル内にある監視カメラのモニター装置が設置してあるのだ。交代で担当者が詰め、監視カメラから送られてくる映像をチェックしている。もちろん一族の中でも関わりのある連中しかこのことは知らない。

先日猛流が何者かに攻撃を受けてから、セキュリティチェックを厳しくした。誰がなんの目的で猛流の気を吸い取る植物を送ってきたのか、未だにわからないからだ。

花を贈った者、依頼された花屋、配送業者も調べさせたが何も出て来なかった。胡蝶蘭は普通に出荷され届けられている。どこにもおかしいところはなかった。ではいったいどこであの妖花セラニアが仕込まれたのか。

控え室に出入りした者も、眷属の優れた嗅覚を使って正確に割り出し調査したが、やはり怪しい者は見当たらない。

だが誰かが猛流を狙ったのだ。仔狼になるまで気力を吸い取られ、敬司がいなければ本当に危ないところだった。

目的がわからないから、狙いは猛流だけなのか、あるいは自分たち一族なのか、それも不明だ。当分の間は用心して警戒を強めるしか手がない。

こちらにいる眷属皆に、周囲に気をつけるよう通達を出した。少しでも不審と感じたらすぐに知らせるようにとも。だがまだ誰も何も引っ掛かっては来ない。

さらに先日の未明の不審者騒動。あれも正体がわからず不可解だ。自分の張った結界をなんなく擦り抜けている。猛流が捕まえ損なっていなかったらと、今でも悔しい。猛流を責めることはなかったけれども。

猛流に連れられて雅流が部屋に入っていくと、その日の当番が頭を下げて挨拶してきた。

「昨日の昼時の社員食堂の映像を出してくれないか」

猛流の依頼に当番は肯いて機械を操作した。二十幾つも分割して流れていた画面の一つに、食事風景が現れる。確かに敬司と黒岐が仲よさそうに寄り添って一緒に食事を取っていた。

途中で黒岐が何やら話しかけ、異常なほど接近して頬を寄せ合っている。敬司も嫌がっている感じではない。

　雅流の胸の奥にもやもやするものが湧き上がってきた。気分が悪い。

「それからこれも、あれも」

　矢継ぎ早に猛流は幾つかの映像を映させる。どれも仲よさそうに見える。手を握っている映像もあった。

　雅流は鋭い目で猛流を振り向いた。

「誰から聞いた、これのこと」

「マネージャー。メールが入ってた、画像添付で」

「なんでマネージャーがおまえにこんな画像を送ってくるんだ」

　猛流は肩を竦めた。

「敬司のことをいろいろ喋っていたからかもしれない。入れ揚げるなって注意のつもりかも。余計なことなんだけどね。あのマネージャー、うざい。できれば変えて欲しいかも」

　後半部分は聞き流し、雅流は当番の男に礼を言って社長室に戻った。猛流もついてくる。

　内線が鳴り、待っていた客が来訪したことがわかる。雅流は大きく息を吐いた。今はまだ仕事中だ。

「今日はもう上がりか」

「うん。家に帰るだけ」

「だったらそれを持って帰って隠しておけ。帰ってから相談しよう」

猛流がぱっと顔を輝かせる。

「ＯＫ。兄ちゃんが帰ってくるのを待ってる」

来たときと同じ弾んだ足取りで猛流が帰っていく。雅流はドアが閉まるのを待って、こめかみを押さえた。

「敬司が家にいるのはどうしてか、目的を忘れてないか？」

最初は秘密を守らせるために軟禁したのだ。監視下に置くなら仕事をさせてもいいだろうと、ここに連れてきた。だが、あくまでも監視のつもりだった。

生活を共にすることで敬司の気に濁りがないことを確認し、今では彼が秘密を漏らすとは考えていない。

それどころか仕事面では有能な敬司をこのままにするのはもったいないと、使い道を考慮しているところだ。猛流のマネージャーに据えるのもいい。うまく補佐してくれるだろう。

敬司の持つ気が美味だったからつい手が伸びて、今では三人で一緒に寝ている。どこまで敬司が許すかを図りながら、少しずつ押して譲らせる過程がけっこう楽しい。敬司の方から落ちてくるのをじっくり待っているところだ。

「それなのに……、よそ見をしているだと？　甘く見られたものだ」

敬司が本当に黒岐に気持ちを動かしたかどうかは問題ではない。近づいてきた黒岐を許容したことが問題なのだ。

猛流の提案したおしおきは、なかなか楽しそうだ。

雅流は背筋を伸ばし、いったん思考を打ち切る。プライベートはプライベートの時間になってから考えればいい。こほんと咳払いして、雅流は応接室のドアを開いた。


敬司は困っていた。黒岐が積極的にアピールしてくるのだ。しかもこちらの拒絶を察して、決して口で好意を伝えてこない。当たり前のように敬司の隣をキープして、回りを牽制している。丸井が、「つきあっているのか」と聞いてくるほどだ。否定はしたが。

高嶺の花と言われるほどの美人から迫られるのは悪い気はしないが、それとつきあうかどうかは別だ。特に今は、雅流や猛流たちと一言で言えない関係になっているので、噂が立つだけでもなんとなく後ろめたい。

つきあってくれと申し込まれていないのに断るのも変だしと、頭を悩ませている。さりげなく離れていようとしても、勘が鋭いのか、先手を打たれて側にいる理由を作られる。

その日も敬司が昼食に立つと、すっと隣に並んできた。行く場所が同じなので離れるわけにもいかず、結局は連れ立って食堂に入り、同じテーブルに座る。傍から見れば仲よさそうに見えるだろう。

現に、先に来ていた丸井に冷やかされた。

「いよっ、お二人さん。仲いいね」

「そんなんじゃないですよ……」

と否定する敬司の脇から、黒岐が丸井を軽く睨む。

「仲いいんです。邪魔しないでくださいね」

食堂内にどよめきが起こった。黒岐は美貌で有名なので、社内にファンも多いのだ。高嶺の花でも、遠くから愛でることはできる。その結果敬司に非難の目が向く、特に若い男性陣から。ちくちくと刺さる棘で、居たたまれない。

「黒岐さん、そんなことここで言わないで……」

小声でやめてほしいと言いかけたが、強い眼差しを向けられて口籠もる。

「からかわれたら、からかい返すくらい当然です。嗜められますよ」

しれっと言い切られた。確かに女王様だ。

これまでの苦い経験から、なるべく事を荒立てずに受け流すのが身についていた敬司など、とても太刀打ちできない。料理の味もわからなくなり、用事があるからと席を立とうとする。

するとトレイを持った手を、はっしと捉えられた。

「用事ってなんです？　わたしが終わるまで待てないくらい急ぎですか？　一緒に食べている

のに失礼じゃない」

「え、あ、その……」

握られた手に、周囲の視線が突き刺さる。どうしよう、振り払ってもいいのか、相手は女性だぞ、恥をかかせることにならないか、などの思惑が一気に脳裏を駆け抜け、焦った挙げ句、迫る黒岐に気圧されてすとんと腰を落とした。

「待ちます」

黒岐が満足そうににこりと笑う。華やかな笑みなのに、ロックオンされたように感じられ、獲物になった気分だ。勘弁してほしい。

「すぐに終わらせるから」

残った料理を豪快に口に放り込み、ゴクンと呑み込む様子に、敬司の方が喉に詰めないかとはらはらした。

「お待たせ」

トレイを持って立ち上がり、返却口に返しに行く。ここで離れたいとのろのろと歩いていた敬司を、今度は黒岐が待っている。結局そのまま事務室まで一緒に戻った。

コーヒーを淹れてくれる黒岐。それはありがたいのだが、隣の丸井の席を占領し一緒に飲み始める。そして、こちらを向いて意味ありげに笑うのだ。逃がしませんよと言われているようで、そのくせ言葉にはしないからこちらは何も言えない。気まずく俯いてコーヒーを飲む。

いい豆で淹れてもらったコーヒーなのに、苦くてまずかった。

「ねえそろそろ招待してくれません？　わたし篠宮さんのお部屋、見てみたいわ」

意味ありげに言われるのも何度目か。部屋に入れるということは、そういう関係を望んでいるということで。

冗談じゃないとふるふると首を振る。

「あら、残念。また振られたわ」

ホホホと笑うその目が笑っていない。じっと見つめると黒々とした瞳に意思を吸い込まれそうになるから、最初のとき以来敬司は気をつけている。今も捉えられそうになる手前ですっと逸らした。黒岐が苛立っている。

「黒岐さん、僕はこんなことは望んでいないから……」

「こんなこと？　こんなことってなんです？　わたしとあなたの間に、こんなことと言えるようなこと、ありましたっけ」

詭弁《きべん》のような言い回しで敬司の言葉を封じてくる。大らかで優しい、面倒見のいい人だという印象は、とっくに崩れていた。なんか蛇みたいに執念深い。いやこんな美人を蛇に喩えるのはとっても失礼だとは思うが。

でも、巻きつかれてじわじわと締め上げられている気がするのだ。

午後からの仕事をなんとかこなしてようやく一日が終わる。帰り支度をしていたら、黒岐も帰宅するようだ。敬司が席を立ったときには黒岐が側に来ていた。

「飲みに行きませんか」

毎日のように誘われるが、いつも断っている。最初は二人きりはまずいだろうという配慮からだったが、今はこれ以上側にいたくないから。

だから一緒に飲んだのは、課の主催で歓迎会が開かれたときだけだ。そのとき黒岐のウワバミぶりを目の当たりにした。誘いに乗って飲みにいったら、酔いつぶされるに違いない。酔った挙げ句に何かあったら困る。

頭のいい女性だから、自分が困惑しているのは伝わっていると思う。つきあう気はないという拒絶も、空気も読めるはずだ。それでも飲みに誘ってくるし、断っても平気でまた誘いにくる。そこまでして自分の隣をキープして、何が楽しいのかわからない。

ほかに目的があるのかと疑ってもみたが、何も持っていない自分を狙ってなんの得があるのか。もしかしたら猛流や雅流がターゲットで、自分はその当て馬か、なんてことも考えてみたが、黒岐ほどの美人ならそんな回りくどい手を使わず、直接アタックするだろう。

「駄目だ、さっぱり理解できない」

ぼやきながら最上階でエレベーターを降りたら、相川が迎えに出てくれていた。

「お帰りなさいませ」

「ただ今帰りました」

会釈して帰宅するのが、最近の習慣だ。

「何が理解できないのですか？」

ぼやきを聞かれていたと知って、照れ笑いする。

「僕のような人間に好意を持ってくれる人がいるってことが、です」

ついぽろりと口にすると、相川がすっと表情を引き締めて否定した。

「篠宮様は魅力的な方ですよ。だから雅流様や猛流様がお放しにならないのです」

「え？　あ、それは違うと思うけど……」

気が甘いから食餌にしているだけだ。最初においしいと言われたから、今もたぶん。

「違いません」

気弱に否定したらきっぱり言われてしまった。

「……ありがとうございます」

誤解やお世辞でも、自分のことを肯定してくれる人がいるのは嬉しい。

礼を言うと相川は表情を緩め、「今日は猛流様がおいでです」と教えてくれた。

「珍しい。仕事が早く終わったのかな」

獣姿の猛流をブラッシングすることを思い浮かべて、敬司の表情がぱっと明るくなる。これがあるから、食餌状態も我慢できるのだ。

黒岐への対応はまたあとで考えればいいと急いで自室へ向かう。すでにベッドは獣の巨体に占領されていた。縦横を目いっぱい使って気持ちよさそうに寝ている。が猛流なら、敬司が帰宅したと同時に気がついているはずだ。

「狸寝入りかい？」

気楽に声をかけてシャワーを浴びに行く。背後から不機嫌な声が追いかけてきた。

『狸じゃない、狼だ』

「わかっているって。でも普通そう言うだろ？」

それに対しては低い唸り声の肯定が、でも不満だとわかる調子で届いた。くすりと笑う。

さっとシャワーを浴びてさっぱりするとラフな服に着替え、ブラシを手にして猛流の傍らに戻った。片目だけ開けて、猛流がちろりと敬司を見た。ブラシを目に留めて、だらっと横たわっていた身体を少し動かす。喉を伸ばしてここからやれとジェスチャーで示したのだ。

敬司は微笑しながら、頭や耳の後ろを指でもしゃもしゃと掻いてやり、伸ばされた首にブラシを当てた。猛流も帰ってすぐにシャワーを浴びたのだろう。漆黒の獣毛が、ブラッシングでさらに艶やかさを増した。黒光りする体毛に指を埋める至福。

いろいろ思うこともあるが、これだけは幸せだ。大型犬を飼っている気分。口にしたら激怒されそうだが。

気持ちよさそうにしていた猛流がぴくっと耳を動かした。リラックスしていた頭を持ち上げ、玄関の方を向く。

『兄ちゃんが帰ってきた』

「え？　もう？」

まだ通常の夕食前だ。雅流は仕事がら遅い帰宅が多いので、夕食に間に合うことは珍しい。

『今日は特別だから』

猛流はそう言って身軽にベッドから下り、のっしのっしと玄関に向かって歩き出した。迎えに行くようだ。

兄ちゃん、だもんな。内心で敬司は笑みを浮かべる。猛流の醸し出す雰囲気だと「兄貴」とか名前の呼び捨てとかが似合うのに、と最初は思ったが、今は兄弟の仲のよさを表わすようで耳に心地よく聞こえる。これはこれでありだなと。

それにしても特別ってなんだろう。誕生日とか。そういえば、彼らの誕生日は知らない。今度聞いておこう。プレゼントはしなくても、おめでとうと言われたら誰でも嬉しいものだから。

敬司も猛流の後ろから玄関に立つ。

相川が出迎えに出ている。ビジネスバッグを渡してから、雅流は少し腰を屈めて猛流の頭を撫でた。猛流は嬉しそうに尻尾を振り雅流の手をぺろぺろ嘗めている。

「急いでシャワーを浴びるから、食事の用意を」

雅流が相川に言っている。三人で夕食を食べるのは久しぶりだ。

「猛流、おまえも着替えてこい」

狼姿では人の食事はできない。猛流がのそのそと自分の部屋に引き上げ、雅流もネクタイを緩めながら風呂に入りに行ってしまった。敬司一人、手持ち無沙汰に待つはめになる。部屋に帰るのもなんだし、といって手伝おうとしても相川には断固拒否されるので、座っているしかない。

部屋着を来て現れた猛流は、相変わらずいいセンスをしていた。部屋着なのに、このまま繁華街に出かけてもおかしくない。

シャワーを浴びてきた雅流が加わると、時間を見計らっていた相川が料理を運び始める。

しかし食卓はなんか変な感じだった。いつもは黙っていても猛流が率先して話題を盛り上げるのにそれがなくて、もともと雅流は口数が少ないから、しんと静まり返ってしまう。カチャカチャとカトラリーを使う音だけが広いダイニングで響くだけで、落ち着かない。

「あの……」

何か話そうと声を出すと四つの視線が気に集中する。さすがに迫力があり、出かけた言葉が引っ込んでしまう。くだらないことで口を開くなと言われた気がしたのだ。

食後、普段はそれぞれの部屋に別れるのに、今夜は雅流が「敬司の部屋に行こう」と言い出した。猛流をブラッシングしていたのを察して自分もしてくれということかな、と当初敬司は軽く考えていた。

「わかった、待ってる。ブラシを忘れずに」

ひらっと手を振って、一足先に自室へ戻る。ベッドを確認して、猛流が乱した部分の皺をピンとなるように引っ張った。

背後でドアが開く音を聞いて振り向く。二人とも人間姿だ。あれ？　ブラッシングしてほしいんじゃないのか？

猛流が小ぶりの箱を抱えていた。サイドテーブルにそれを置く。能天気にも敬司は、そのときも僕へのプレゼントかなと思っていた。誕生日じゃないのにと。

確かにそれはある意味、敬司へのプレゼントではあった。だが普通のプレゼントではなかったのだ。

「敬司」

改まった声で雅流に呼ばれ、敬司はベッド脇でびくんと肩を揺すった。壁際で下がれないのに、下がろうと身体が動いたほどだ。久々にこんな威圧感に満ちた雅流を見る。

最近では仕事中でも敬司に対するときは雰囲気が柔らかくなっていて、そろそろ信頼関係ができてきているんじゃないかと期待していたのに。

「……なんですか」

「これ、説明しろ」

猛流がぶっきらぼうにスマホを差し出してくる。視線を落とすと、自分と黒岐のツーショットだ。仲よさそうに頬を寄せ合っている。

「何、これ……」

次に見せられたのは、黒岐が敬司の手首を握っているところ、さらに見つめ合っている写真もあった。数枚のそうした写真は、まるで恋人同士のように見える。

「どうして……？」

「社内の防犯カメラの映像だ。たまたまチェックしていて見つけた」

「俺たちというものがありながら、なんで黒岐に接近してるんだ」

雅流と猛流に代わる代わる責められる。

「ちょっと、ちょっと待って……」

畳みかけるように追及されると、すぐには言葉が出て来ない。敬司は落ち着こうと二人を制して息を吐いた。

もちろんそれぞれの場面には覚えがあるが、疚《やま》しいところはない。だから、改めて説明しようとしたのに、猛流が表情を厳しくして問い詰めてくるのにむっとした。

「言えないのか」

「言える！」

言い切ってから、雅流に視線を向けた。

「これ、防犯カメラの映像だと言いましたね。だったらその前後も見たのでは？」

「もちろん見た」

「だったら全く問題ないのがわかったでしょうに。僕は彼女とつきあうつもりはない」

食堂で、あるいは給湯室で、もしくは廊下で。二人きりになったことはなく、周囲に人もいた。ピックアップしたからあんな写真になったが、確認したのなら違うとわかるはずだ。敬司からすれば言いがかりとしか思えない。

「だが、このときの君の表情は、相手の接近を歓迎しているように見える」

「そうそう。鼻の下を伸ばして。腹が立つ」

雅流が指摘すると、猛流も大きく肯いた。

「鼻の下なんか、伸ばしていない！　こっちも困っているんだ」

「断ればいいことだ。気を持たせてはかえって黒岐がかわいそうだ」

敬司はきっと雅流を睨んだ。

「つきあってくれと申し込まれてもいないのに、どうやって断れと」

「鬱陶しい、側に寄るな、と言えばいい」

きっぱり断言した猛流にあっけに取られ、敬司は俯いて苦笑した。

「僕にはそんなこと言えない」

「どうして」

雅流が尋ねてきた。

「一緒に働いている人だ。そんな言い方をしたら、相手を傷つけるし気まずい」

「つまり君は、黒岐の気持ちは配慮するが、わたしたちの気持ちは傷つけてもいいと言うんだね」

雅流にやんわり詰られる。猛流は真っ直ぐな気性だからすぱっと切り込んでくるが、雅流は思いもかけない方向からじわじわくる。今みたいな聞き方をされたら、答えは一つしかない。

「そんなことはないです」

「だがそうなっている」

「どう償ってくれる?」

猛流がずいと身を乗り出してきて、敬司は思わず一歩下がった。なんだか理不尽だ。

そもそもどうして自分がこんな、浮気を責められるような立場に立たされなければならないのか。自分と猛流たちとの間に、はっきりした約束があるわけではない。なし崩しに身体の関係ができて、なんとなくそれが続いているだけだ。

黒岐も好意を口にはしないが、雅流たちだってどういうつもりで手を出してきているのか、何も言わない。ただ敬司の持つ気がおいしいからとか、敬司が昂って感じればますますおいしくなるとか。

自分は餌ではないのに。

そんな反抗的な気持ちが顔に出たせいか、猛流を押しとどめて雅流が口を開いた。

「この映像を見て、わたしたちは不快な思いを味わったし傷ついた。そうしたのは君だ。それは認めるね」

「ええ、それはまあ」

「だったらその気持ちを宥めて、そんな事実はないと目に見える形で示してほしい、と望むのは厚かましいか？」

じわじわと追い詰められる。反論のしようがない。

「……何をしろと」

雅流は鮮やかに微笑んだ。胡散臭い。何を言い出すかと敬司は警戒した。

「簡単なことだ。いつもより少し前に進むことを承知してくれればいい。わたしたちに身を委ねて。もちろん、できるだけ早い時期に黒岐を拒絶するのは当然だけどね」

やはりそう来たか。敬司は身体を硬くする。

「黒岐さんには折りを見て話します。でも前に進むってどこまで？」

「それはそのときのフィーリングだよ」

雅流は肩を竦める。

「そうそう、フィーリング」

猛流がうんうんと肯いているが、口許が淫蕩《いんとう》に歪んでいる。怪しい。何をさせるつもりなのか。雅流がすっと顔を近づけて、頬にキスをした。

「ずっとお預け状態だから、少しは進展したいって気持ちをわかってほしい」

「いつ見てもおいしそうだしな、ここ」

猛流がするりと敬司の腰を撫で、咄嗟にパチンとその手を叩いた。雅流が猛流を窘《たしな》める。

「それを人間たちはセクハラと言うんだ。許しもなく触るな」

「え〜〜、愛でているだけなのに」

猛流が不満そうに抗議するが雅流はかまわず敬司を見た。

「どうかな」

「僕に非はないと思うけれど、……いいよ」

主張しながらも、嘆息して諦めた。肯く程度には、夜の行為に慣れてきた。嫌ではないのだ。自分でも不思議なくらい抵抗がない。それは彼らがぎりぎりのところで敬司の意思を尊重してくれるせいもあるだろう。

押しまくって喘がせるくせに、本気で嫌だと言ったことはしない。力尽くで押さえつけることもできる彼らが、ぶつぶつ言いながらも引き下がる。油断すると、獣姿で甘えたり、宥めたりすかしたりして先に進もうと図るが、やはり敬司の気持ちが優先だ。

だから彼らへの信頼が、自然に生まれてきたのだろう。

それにこれは彼らには絶対に言わないが、二人がかりで丁寧に身体を高められ、イかされるのがとても気持ちいいのだ。羞恥すら快感に変わる。

二人と一緒にベッドに向かった。猛流が小ぶりな箱をサイドテーブルから持ってきて、嬉々として箱からケースを取り出している。なんだろうと思ったものの、すぐに雅流に服を脱がされキスをされて、意識から消えていった。

肌を暴かれながら、敬司も手を伸ばす。雅流のシャツのボタンを外して前を開き、猛流のも同じようにする。二人ともいい身体をしている。狼だから筋肉が発達しているのだろう。肩幅も広くて胸は厚みがあり、腹筋も綺麗に割れている。

それに比べて自分の身体はごく普通だから、男としては悔しい。鍛えても筋肉がつかないのは家系のようで、仕方ないとは思っているのだが。

だがこの身体を、雅流も猛流も綺麗だと言う。ならいいかと思ってしまうのは、自分の気持ちがかなり彼らに傾いているからだろう。

二人のシャツを脱がす前に、敬司の方はすっかり裸に剥かれていた。雅流がねっとりと唇に吸いついている。舐っては舌でくすぐり、今度はその舌で口の中を嘗め回す。

口腔にたくさんの感じる場所があることを、敬司は彼らに教えられた。舌を絡められ甘噛みされる。それだけで、じんと痺れた。

口腔をいいように嬲《なぶ》ったあと、猛流は耳をくちゃくちゃと噛んで嘗める。耳の中にも舌を這わせてきた。くすぐったくて首を竦めたが、それはすぐに快感に変わっていく。

その間雅流は、下半身に陣取って触っていた。片方の脚を持ち上げ、親指から順に嘗め始めたので慌てて止める。

「ちょ……、汚いから」

言いかけたのを、雅流が一蹴する。

「どこが汚い。綺麗なもんじゃないか。小指なんか可愛くて食べてしまいたい」

「よせ……」

焦って蹴ろうとしたが、足首を掴まれて動けなくされる。指を一本ずつ、口の中に引き込まれしゃぶられた。指の間も舌を這わされ、背筋を何度もぞくぞくするものが駆け抜ける。股間のモノが見る見る大きくなった。

一方の足指をしゃぶり終えると、足首、脹《ふく》ら脛《はぎ》と次第に上がってきて、内股の柔らかいところに点々と赤い痕を刻まれた。際どいところを吸われて、息を詰める。次は中心か、と期待したのに、雅流は薄く笑うとそこを意地悪く跳び越えて反対側に移る。

今度は内股から膝、脛《すね》と下ってまた足の指を一本ずつ口に含まれた。堪らず身悶えながら、直接愛撫が欲しいところにはくれない雅流を涙目で睨む。

「その目はやばいな」

雅流が腰を押しつけて、どうやばいのか教える。まだスラックスに包まれたままの股間が熱く昂ぶっていた。

「……ぁ」

熱さを教えられて敬司は小さく声を漏らした。

「兄ちゃん、これ」

そのとき猛流が声をかけ、何かを雅流に渡した。受け取った雅流が苦笑している。

「こんなもの、なくてもいいだろう」

「やだ。せっかく用意したのに。兄ちゃんがしないなら、俺がする」

「わかったわかった」

兄弟のやり取りは耳に入っていたが、何のことやら敬司にはわからない。

兄と話したあと猛流は、耳から項へと攻撃の支点を移した。鎖骨を噛んだり嘗めたりしてから、次第に胸に近づいていく。ときおり指がやんわりと胸に円を描くが、触ってほしい乳首は避けられている。雅流と同じだ。

こうして上も下も焦らされて、敬司を追い詰めるのだ。ときおり乳首を弾いても、その感覚を掴む前にすっとよそへ逸れていく。もどかしい。ぎゅっと押し潰してほしい。

二人に身体のあちこちを刺激されて、敬司のモノもしっかり反応している。いや二人よりかなり切羽詰まっていた。切ない部分に露を浮かべ、それがたらりと茎を伝って零れていく。まだ一度も触ってもらえないままなのに、弾けそうだ。

「もう、イきたい」

訴えて手を伸ばし自身を握り締め扱き始めた。珍しく止められなかったので、手を動かしながら彼らを窺い見る。二人は楽しそうに笑っていた。

「口でしてやろうと思っていたのにね、自分でするのか？　残念だな」

以前してもらったときに、蕩けそうなほど気持ちがよかったのを思い出し、手が止まる。

「して欲しい？」

にやにやしながら猛流が聞いてくる。敬司は肯いた。

「だったら手を放して」

雅流に促される。敬司が手を放すと雅流が顔を伏せてきた。形の良い唇が敬司のモノに触れ、ちゅっとキスをする。そのまま口の中に含まれて、仰け反った。悦いのだ。凄まじく悦い。

雅流が唇を窄《すぼ》めて出し入れした。舌を搦めて、燻る快感をさらに育て上げる。猛流は胸を苛めている。小さな粒をつまみ上げて引っ張られた。

ひとたまりもなかった。

「イっていいぞ」

促されて、腰を突き出しながら達した。こんなにすぐイってしまうとは予期していなかった雅流が、急いで掌を被せる。だが勢いよく噴出した白濁は、その程度では押さえきれずあちこちに飛び散っていた。

「もったいない」

猛流が嘆息している。雅流はそんな猛流に「馬鹿」と小さく言い、白濁をできるだけ集めて指に纏わせる。腰を持ち上げ自分の膝に載せると、脚を大きく開かせた。恥ずかしい場所がすべて露わになってしまう。そのまま雅流は昂りのさらに奥を指で探ってきた。

そして、敬司がイった余韻で胸を喘がせ意識を飛ばしている間に、蕾の周囲を解し後孔に指を入れてしまう。気を逸らすためか、猛流が乳首を口に含み吸い上げたり舌で押し潰したりしていたので違和感がごまかされ、ようやくぼんやりしていた意識がはっきりしたときには後孔は雅流の指でしっかり塞がれていた。

責める目を向けた敬司に、雅流はしれっと言う。

「今日は少し先に進む約束だ」

そんなことを言いながら中で指を動かされた。何回かされたことはあるが、気持ち悪くてすぐにやめてもらった行為だ。もう少しすれば気持ちよくなると言われたが、それまで我慢できなかった。

けれども約束を盾に取られれば、堪えるしかない。

中から突かれてじわりと嫌な汗が出る。知識では気持ちよくなれるスポットがあると知っているが、自分がそんなところで快感を得られるとは今現在とても信じられなかった。

「兄ちゃん、指じゃまだ大きすぎるんだよ。だからそれ」

見かねたのか、胸を弄っていた猛流が雅流を促した。

「そうだな」

肯いて雅流が指を抜く。敬司がほっとして身体の力を抜いたときだった後孔に再び何かが侵入してきた。雅流の指よりも細くて負担は少ないが、体内に得体の知れないモノがあると感じるだけで吐き気がする。

「君の快感スポットはおそらく普通より奥にあるみたいなんだ。これなら届く気がする」

だからそれはなんなのか、見ようとしても猛流の身体が邪魔で股間を見ることができない。指でないことが確かな細い何か……。抜いてくれと言おうとしたときだ。いきなりそれが動き始めた。

「あぁっ」

反射的に甲高い声を上げてしまう。快感でというよりそのときは衝撃でだったのだが、それが艶声に聞こえたらしい。猛流が嬉しそうに身体を起こして覗き込んできた。

「ようやく、感じた？」

猛流が身を引いたので、腰を高く持ち上げられていた自分のそこがはっきり見えた。後孔から黒い紐が垂れ下がっている。おそらくバイブといわれるものに違いない。中でうねうねと動いて、内壁を刺激している。

それがある場所を強く押したとき、敬司は強い快感を覚えた。勝手に身体が仰け反って、一度イって萎えていた昂りがぐんと勃ち上がる。中で感じたのは初めてだ。

「やっぱり感じたんだ」

猛流は弾んだ声を上げたが、敬司は声も出せずに身体を痙攣《けいれん》させるばかり。内壁から快感が伝わるのが、しかも怪しげな器具で刺激されて自分が感じていることが、気持ち悪くてどうしようもなかった。

雅流がいきなり中のものを引き抜く。

「何するんだよ、兄ちゃん。せっかく感じているのに」

猛流が振り向いて咎めるが、雅流はそれをベッド下に投げ捨てると、痙攣を続ける敬司の身体を抱き締めた。

「おまえも力を貸せ」

「ああ？」

「敬司がおかしい。気でわかるだろうが！　さっさとしろ」

「ほんとだ、酸っぱくなっている。ここはびんびんに感じてるのに」

「猛流っ」

急かされて猛流も敬司を包み込んできた。両側から二人の裸体で挟まれる格好だ。

室温は適度に保たれているのに、敬司は寒さに震えていた。「寒い」と唇を震わせる。そこへ、片側を雅流に、もう一方を猛流に挟まれて熱が伝わってきた。さらに先ほど異物を入れられていた後孔に雅流の指が入ってくる。

きついけど生身のそれに、ようやく敬司の震えが収まってきた。どうやら無機質なモノを身体の内部に入れられたことで、拒絶反応が起こったらしい。

「すまなかった。もうしない。大丈夫だから」

何度も言い繰り返しながら、雅流が敬司の身体を撫でて落ち着かせようとする。同時に中で指を動かして、「ここに入っているのはわたしの指だ」と強調して敬司を宥める。

猛流も自分の身体で敬司を抱き込みながら「大丈夫だ、落ち着け」と話しかけた。

震えが収まると雅流が後孔から指を抜く。敬司はほっとして、息を吐いた。

「僕を遊びのおもちゃにするな」

「そんなつもりは全くなかった。中を慣らすには、指よりも細いものから始めた方がいいと考えただけだ」

「挿れたいという気持ちが先走って、敬司への配慮が足りなかった。ごめん」

雅流に続けて猛流もちゃんと頭を下げてきた。

「……そんなに挿れたいのか」

ふとそう言ってしまったのは、彼らの誠実さに絆《ほだ》されたからだろう。本当に嫌なことは、今回もされなかった。昂りが力を持ち、感じているのがわかっても、それに対する敬司の違和感を察して引いてくれた。

「「挿れたい」」

すぐさまユニゾンで返事が返ってくる。

敬司も男だから欲望はある。今欲しがられているのは自分。そのこと自体は複雑だが、彼らから強く望まれることに嫌悪はない。これまで何度も触れ合ってきたせいだろう。正直に胸中を覗いてみれば、嬉しいという感情すらあった。

だからそんなに望むなら、試してみてもいいかと思ったのだ。無機質な異物は論外だが、雅流の指で感じることができるなら。

「……最初は指から。道具類は嫌だ」

敬司がようやくそう口にすると、二人はじっと顔を覗き込んできた。

「無理をさせる気はない。本当にいいのか」

「そうそう。敬司は俺たちのだから、焦ることはないんだ、……いたっ」

猛流が調子よく続けて、雅流に頭を小突かれる。敬司はつい笑ってしまった。笑えば緊張も解ける。

「焦ったから、あんな器具を持ち出したんじゃないのか」

「違う。ただ、黒岐と仲よさそうに見えたから、ちょっとおしおきを……、いやその」

最後はハハハと乾いた笑いを漏らして話を逸らす。

「中で感じたら昇天するそうだぜ。俺たちで絶対に敬司をそこまで引き上げてやるからな」

雅流に視線で制されても、猛流の舌は回り続ける。敬司が前向きになったのが嬉しいようだ。

「遠慮する。こっちは初心者だ。配慮してくれ」

嘆息してから敬司は、始めろという意味を込めて二人を見た。

雅流は猛流に指を出させ、わざわざ自分の方が細くてすんなりしているのを確認してから、中に入れてきた。少しでも敬司の負担を減らすためだと告げて。

それ用のローションを使うと指がすんなり入る。グッズが入っていた中から、雅流が猛流に持ってこさせたのだ。とはいえ、やはり窄まっている場所を暴かれるのは苦しい。

本来人に見せる場所でないところを、雅流と猛流、二人がかりで触られている。雅流が指を出し入れする側で、猛流は敬司の昂りを手で擦っていた。

力を入れるところと逃がすところ。微妙に力の挿れ方を変え、敬司を高みに導こうとしている。先端の窪みに露が堪ると猛流の舌がそれを嘗め取る。ついでのように茎も嘗められ、口の中にすっぽり呑み込まれる。

快感が腰から湧き出してくる。そのおかげで、雅流がじっくりと中を攻略している間、意識をよそへ逸らすことができた。

「このあたりだったと思うが」

雅流が呟いたのは、さっき敬司が感じた場所だ。器具で触れたからあとは駄目になったが、確かに中でくねくね動いていたそれが直撃したとき、昂りが一気に膨張するくらい感じた。脳裏が真っ白になったほどだ。

ゆるゆると確かめながら奥へ進んでいく。

猛流は雅流の動きを邪魔しないように、昂りを擦りながら内股への愛撫も忘れない。柔らかな部分に点々と鬱血を散らし、ときおり伸び上がっては、乳首を嘗めたり口に含んだりして敬司を悶えさせる。動くことで、体内に含んだ雅流の指が違う場所に当たり、息を呑むことになるのだ。

熱心に敬司を弄る猛流は、改めて見ても精悍ないい男だと思う。秘部を弄っている雅流だって、極上のセレブで通る容姿の持ち主だ。外を歩けば十人中十人の女性が寄ってくるはずだ。

なのになぜ、男の自分なのだろう。

身体を重ねれば、彼らの好意は十分伝わってくるが、そもそも最初の関係は脅迫だった。彼らより、それで絆された自分の方が不可解かもしれない。相手は男で人間ですらなくて、しかも二人がかり。なのにこうして身体を委ねている現実。

だが余所事を考えていられたのはそこまでだった。

いきなり雅流の指が触れたところが火を噴く。何が起こったのか、自分でもわからなかった。突然目の前が真っ白になり、猛流が扱いていた昂りから蜜液が噴き出したのだ。

「あうっ」

二度目だから最初より量は少ない。でも間違いなくイった。直後は心臓が全速力で走っていたし、息も荒い。雅流が指で触れている場所から、快感が次々と噴き上がり弾けた。

「あ……、なに……っ。いや……だ」

イった昂りは、少しだけ力をなくしたが、まだ形を保っている。そして背筋を何度も駆け抜ける快感で、頭の中はまだ白く明滅《めいめつ》していた。

「見つけた」

雅流が密やかに勝利宣言をする。そして一度指を引き、今度は二本まとめて差し入れてきた。感じる場所を丹念に弄られる。中で指を広げて、次第に空間を広げていった。

「兄ちゃん、俺にも」

させろと猛流が切羽詰まった声で要求しているのはよく聞き取れなかったが、指が引き抜かれたことだけがわかる。しかも自分の中はそれを引き止めようと、きゅっと収縮したのだ。

「あ……」

指が出てしまうと、敬司の入り口は物欲しげに開閉する。それを雅流と猛流が左右から覗き込んできた。

「真っ赤だ。けど狭い。入るのか」

「いやらしげに開閉して誘っているから、大丈夫だろう」

誘ってないと言いたかったのに唇から出るのは喘ぎ声ばかり。蕾の奥が切なく収縮している。

今度は猛流が指を入れてきた。雅流のそれより幾分太い気がする。それがわかる自分もどうかと思うが。

猛流の指は雅流の指示に従って、最初から敬司の弱みを突いてきた。

「あ、ほとんだ。しこりがある」

「そこをやんわりと触るんだ。強くするなよ。敬司にとっては敏感な場所なんだから」

「任せろ」

指で押され、そっと引っかかれる。それを何度も繰り返された。身体の熱がどんどん上昇していく。

雅流が伸び上がっててキスをしてきた。「どうだ」と聞かれ、濡れた目で睨んだ。

「……聞くな」

見ればわかるだろうという気持ちだったが、雅流は楽しそうに首を振る。

「言ってもらわないとわからない。見当違いのところを触っているかもしれないし」

あくまでも敬司に言わせようと意地悪をする。身体がびんびんに感じているときに、余分に脳を働かせる余裕などない。返事をせずにひたすら感覚を追った。雅流が戯れのようにときおり触る敬司自身から、蜜がどんどん溢れている。

「もう限界」

いきなり猛流が指を引き抜いた。出し入れを繰り返していたから、最後のあたりは三本くらい入っていたかもしれない。

「ちょ……っ、待て」

雅流が制止するのを無視して猛流が腰を入れてきた。狭い蜜口がじわりと開かされる。指よりは大きなモノが押し入ろうとして、入り口を強く圧迫してきた。

「ああ、あ、あっ、痛い……」

左右に引っ張られ、裂けそうな気がする。やめろと言いそうになった。だが言えば彼らはここで引くだろう。はち切れんばかりになっているのは敬司自身だけではない。今侵入を果たしつつある猛流のモノも雅流のモノも、硬く張り詰めていた。男だからその辛さはわかる。

「無茶をするな」

雅流の声から、はらはらした気持ちを感じる。この状態でも案じてくれているのだ。敬司は苦しくて息を喘がせながらも微笑する。

衝撃で少しだけしんなりした昂りは、雅流の口淫でたちまち復活した。すっぽり口に含まれて、舌で嘗められ吸い上げられる。

猛流は先端を含ませたあとも動きを止めることなく、最奥を目指した。下手に加減する方がかえって苦痛を長引かせると判断したのだろう。

「全部入った」

満足そうな猛流の声を聞いたときには、雅流の口淫の効果もあって痛いのか悦いのか、よくわからなくなっていた。取り敢えず中も外も熱い。

「そこで少し待て」

「わかってる」

雅流の言葉で猛流は動きを止め、敬司の内部が馴染むのを待っている。

「敬司、身体の力を抜け。その方が早く楽になる」

「……どう、やって。……無理」

初めてなのに無茶を言うと雅直を睨む。雅流は「そうだな」と肯いて、敬司自身を触ることで意識を逸らそうとした。先端の敏感な部分を指で押し潰し、茎を扱き、根元の膨らみを揉み抱く。

腰を高く掲げているので、視線を向ければ自らの卑猥な格好が丸見えだ。絶対に見ないと決めて、顔を逸らし続ける。

猛流が腰は動かさないように気をつけながら、敬司の腹を撫でた。

「兄ちゃん、胸を触ってやって」

猛流に言われるまま、雅流は上半身へ移る。その間も敬司の昂りを弄る手は緩めず、力強く擦り上げていた。

キスをしながら胸を触る。すでに赤くなって尖っている乳首を指で捏ね、反対側は口に含む。

「気が甘いな」

雅流が顔を上げてふっと笑った。気が甘いのは感じているということだ。実際胸と昂りからは快感を得ている。その快感が次第に痛みで強張っていた場所にも影響し始めた。

「あ、緩んだ……」

雅流が胸の尖りをきゅっと抓んだときだ。少し強めに刺激したら、猛流が嬉々として叫んだ。

「……言う、な」

さすがに恥ずかしくて猛流を制したが、かまわず腰を揺らされてしまう。

自分でもわかる。きつきつだった内壁が、硬い肉棒を許容し受け入れているのを。同時に敬司を追い詰めていた圧迫感が減った。

「動ける……」

嬉しそうに猛流が言う。ゆるゆると腰を動かしていた猛流が、敬司の変化を察してストロークを大きくしてきた。ぎりぎりまで引き出し、最奥を突く。その動きを何度か繰り返したあと、今度は途中まで差し入れてそこで小刻みに腰を動かす。

「ここか、いやこっちか」

何かぶつぶつ言っていたが、猛流の動きに翻弄されている敬司には聞き取れない。ただいきなり腰から脳天まで快感が突き抜け、自分でも思いも寄らない声を上げて仰け反った。

「あぁぁっ」

「ここだ」

指でわかっていた場所も、昂りで探ると感覚が掴めなかったようだ。改めて見つけた敬司の弱い場所を、猛流は何度も抉って敬司に声を上げさせた。

「あ、いや……やぁ、……んっ、だめ……っぁあ」

唇からひっきりなしに零れ落ちる艶声が猛流を奮い立たせ、雅流を刺激する。

腰を掴んで自身もそして敬司も高みに連れて行こうとしている猛流の動きに連動して、雅流も敬司の身体を刺激している。

キスで蕩かせ、胸を弄って快楽の波を起こし、ほかにもある感じるスポットを余すところなく暴いて、そのくせ敬司がイきかけると昂りの根元を押さえて堰《せ》き止める。

「もうイく」

猛流が視線で雅流に伝えた。雅流は肯いて、敬司の昂りを解放した。そのタイミングで猛流が奥に突き入れる。雅流はさらに両方の乳首を指でぎゅっと押し潰した。

身体のあちこちから同時に湧き起こる悦楽の渦に、敬司は巻き込まれ一気に高みに押し上げられた。頭の芯がぼうっと霞み、目の前が白く濁る。腰から頭のてっぺんまで震えが駆け抜け、昂りが弾けた。

勢いよく噴出した蜜液は胸や腹に飛び散り、さらに滴り落ちて下生えをぐっしょりと濡らした。イった衝撃で全身を痙攣させ、猛流を包み込んでいた内壁がぎゅっと収縮する。

「……くっ」

猛流が呻き声を上げ、腰を震わせて達した。奥に飛沫を浴びせられた敬司がさらに意識を混濁させる。

快感が持続する長い滑空《かっくう》が続いた。失墜するまで、敬司はほとんど意識がなかった。胸を喘がせ苦しげに息を継ぎ、掴んだものを強く握り締める。それが雅流の腕で、自分の爪が彼の肌に蚯蚓《みみず》腫れを刻んだなど、全く覚えていなかった。

猛流が屈み込んで愛おしそうに敬司にキスをした。息継ぎを妨げられた敬司が無意識に嫌がって首を振るのに苦笑していたが。

温かな身体に抱き締められたままふわふわと宙を漂っていた敬司は、猛流が場所を譲り雅流が自身の一物をまだ柔らかく綻んでいた場所に挿れてしまっても気がつかなかった。

ようやく荒い呼吸が整い、通常の意識が戻って目を開き、自分の上にいるのが猛流ではないことに戸惑う。

「な、んで……」

咎めたが、喘ぎすぎて掠れた声では迫力などない。雅流が艶やかに微笑んだ。

「今度はわたしだ」

「ちょっ……無理、……あうっ」

無理と言っているのに、雅流はかまわず腰を動かした。

「テクニックなら猛流には負けない。君をもう一度天国に連れて行ってあげるよ」

甘く囁やかれたが、内容はとんでもなかった。それはつまり、今と同じような、意識も飛ぶほどの快楽を施されるということ。

すでに腰の感覚がない敬司にとっては、事後に悪夢に陥るコースだ。最中は、至上の快楽を与えられることを疑いはしないけれども。

雅流が腰を揺らすと、注ぎ込まれた猛流の白濁が中で淫らな水音を立てる。それどころか溢れんばかりに注がれたそれが、雅流が抜くタイミングで滲み出てくるのだ。中に留めて置けないくらいの量なのだろう。

「俺のが腿を伝っている。いい眺めだ」

猛流が、雅流の動きの合間を見て指を伸ばし、滴り落ちる滑りを纏わせて敬司の前に突き出してきた。まるで自分が粗相をしたみたいではないか。そんなもの、見たくもないと、羞恥で顔を背ける。

猛流は楽しそうに敬司が背けた方に顔を近づけ、甘ったるく囁いた。

「可愛い」

「だ、誰が！　……あっ、やぁっ」

憤慨して言い返そうとしたが、こっちに集中、とばかりに深く腰を突き入れてきた雅流に翻弄され、頭の中が甘い蜜でとろとろに溶かされていく。言葉などどこかに消えてしまった。

ひたすら喘ぎ、快楽に突き落とされて啼《な》き、うっかりしてみようと考えた自分を詰りながら、敬司は四回目の絶頂に押し上げられた。

さすがに出る液は少ない。それでもてっぺんで感じた快感の強さは、これまで以上に深く、敬司の意識を根こそぎ攫《さら》っていった。

雅流が達して、これで終わったと遠い意識の中で思ったのもつかの間、再び猛流が挑んできた。もう拒む声も出せない。ぼんやり目を開けて猛流の獣めいた眼差しを受け止める。欲しくて堪らないという顔をしていた。

自分のどこが彼らをそれほど惹きつけるのか、やはりわからないが、欲しがられるのは悪い気はしなかった。

身体をひっくり返され、今度は背後から貫かれた。雅流は前に回り、敬司の身体を抱き留める。

「もう、嫌だ……」

感じすぎて辛いと弱音を吐いた。雅流が困ったように宥めてくる。優しく撫でてくる癖に、猛流がイくとまた挑んでくるのだ。

「解放してあげたいが、お預けが長かったので収まらないんだ。もう少し協力しろ」

「協力……」

意味のある言葉として認識できない。頭が快楽の深みにどっぷり浸っているからだろう。

「大丈夫。ちゃんと事後の面倒は見るから。その後のケアもな」

優しい、のだろうか。少なくとも敬司を痛めつけようとしているのではない。そこはわかっていた。ただ結果的に荒淫《こういん》のつけは、敬司が全部負うことになってしまっただけだ。

「もう無理だろう」

長く意識を飛ばしていたらしい。ようやく届いた声も猛流なのか雅流なのか。

「わかってるさ。でも欲しいんだ。こんな甘い気、初めてだ」

「だったら大事にしろ」

「兄ちゃんもだろ。貪ったのが俺だけとは言わせない。やめなかったのはそっち」

「心外な。意識を失うまでしたのはおまえじゃないか」

まだ快楽の靄に包まれたままで、声を認識することも、意味もわからない。会話はただの音の羅列だ。それでも不穏な気配は感じ取れて、それで意識が浮上してきたのかもしれない。

敬司は震える手を弱々しく二人に伸ばす。たぶんこちらが猛流、そしてこれが雅流。二人の手をなんとか握って「仲良く」と呟いた。いや、そうしたつもりだが、もしかすると声は出ていなかったかもしれない。それでも気持ちは伝わったようだ。

一瞬の沈黙のあとで、両側からぎゅうっと抱き締められた。

「心配かけたのかな、ごめん」

「悪いのはわたしたち二人だ」

穏やかな気配に包まれて、敬司は再び目を閉じる。深淵にゆらゆらと意識が落ちていった。

ふっと目が覚めたとき両脇にいたのは二頭の獣だった。銀色と漆黒と。まだぼんやりしたまま、艶やかな毛並みに手を伸ばし、滑らかな手触りを楽しんだ。意識が徐々に覚醒する。

この獣たちに抱かれたんだとしみじみ述懐《じゅっかい》する。もちろん人間姿の彼らが相手だったが。問題は男同士でしかも三人で、だったということ。

まあそれならないことじゃないしとすんなり受け入れる自分は、柔軟性がある性格だったんだなと我ながら感心した。

『起きたのか』

これは雅流だ。

『動けないだろ。もう少し寝ていろ』

こちらは猛流。

視線を向けると、どちらも金粉をまぶしたような瞳を覗かせている。ただし片方だけ。彼らもまだ眠いようだ。

動けないと言われて、身動いでみる。確かに身体の倦怠感は半端ではなかった。

「酷いじゃないか。初心者にあれだけがっつくなんて。腰が立たないし、脱力感が酷い。気も吸ったんだろう。少し戻してくれ」

『今日は休めばいい』

あっさり雅流が言うものだから、敬司はむっとする。

「そりゃあまだたいした仕事はできないけど、いてもいなくても同じと言われるのは嫌だ」

『誰もそんなことは言ってない』

雅流が低く唸った。

『体調不良の原因は俺と兄ちゃんなんだから、配慮するのが当然だろ』

「その前に仕事に支障が出ないように気をつけてくれればいいんだ」

敬司としては強く叫びたいところだ。

『無理。解禁となったら毎日でも欲しい。敬司の気は浸っていると心が穏やかになるんだ。しかも美味い』

猛流が堂々と主張した。黒毛の狼の耳はぴんと立ち、ふさりと尻尾を振って自分の言葉を強調する。

「美味いって、僕は餌じゃない」

『当たり前だ。そんな扱いを一度でもしたか』

雅流がすぐさま否定した。

「……ことあるごとに甘い、美味い気だと言われてきた」

『美味いから美味いと言っている。なんの問題がある』

「それは……」

堂々と雅流に反論されて、敬司は言葉に窮《きゅう》した。おいしいものをおいしいと言ったらいけないのか。いけなくはない。ただ受け取る側の感情が……。

『ああもう、めんどくさいな。俺たちは敬司を気に入ったから側に置きたいの。それでいいだろ。さあもうこの話はやめやめ。それより明日からのことを話そう』

猛流がさっさと話題を変える。

「明日からのこと？」

敬司がきょとんと顔を上げると猛流が大きく肯いた。

『敬司にはそろそろ、俺のマネージャー兼付き人になってほしいんだ』

『猛流、そのことはまだ話し合ってないだろうが』

雅流が急いで口を挟んできた。そしてのそりと身を起こすと、身軽にベッドから下りていく。

『来い』

雅流に振り向かれ、猛流もしぶしぶあとに従った。二頭は鼻先で器用に鍵を開けて出ていく。

あとにはぽかんとした敬司が残される。

「マネージャー兼付き人？　いきなり、なんだ」

彼らが完全にいなくなってから、ようやく我に返る。確かに以前もちらりと話は聞いたが、唐突すぎる。

ぼやいたあと、シャワーを浴びたくて起きようとしたが撃沈した。手を腰に当てて低く呻く。

最中はこれでもかというくらい、感じてイった。自分が腰を振った記憶もある。目覚めた直後、二人が獣姿だったので助かった。あれが人の姿だったら居たたまれなかっただろう。普通なら大きな狼が左右に寝ていることこそがパニックの原因に陥りそうなものだが。

艶やかな獣毛に指を埋めて撫でる。それだけで心が満たされる。アニマルセラピーに近い。

身体を欲しがる不埒な獣だけれど。

獣たちが帰ってきた。いやもう人間姿だ。残念。話し合いは雅流が折れたらしい。

「猛流の希望だ。マネージャーを頼む」

「モデルのことは何も知りませんよ？」

「特別な知識は必要ない。スケジュールを確認してその場所にちゃんと猛流を連れて行ってくれればそれでいい」

そんなに簡単な業務ではないと思うのだが。

「今までのマネージャーはどうするんです？」

「別の仕事がある。もともとあまり相性が良くなかったんだが、猛流のマネージャーは眷属でないとまずいから互いに我慢させていた」

ワンテンポ遅れて、敬司はそのマネージャーが人狼だと告げられたことを理解した。秘密の一端を明かされたわけだ。さらに携帯を差し出される。自分のだ。

「必要になるだろう。パソコンも部屋に置いてある。自由に使っていい」

「つまり……？」

「君を全面的に信用する。ただうっかりミスには十分気をつけてくれ。もっとも」

とそこで言葉を切った雅流が、凄みのある笑みを浮かべた。

「たいがいの事態には対処できる態勢は整えているが」

携帯を受け取った敬司は久しぶりに自分の手で電源を入れた。メールが数件、不在着信が一件。連絡があれば相川がこまめに知らせてくれたので、件数は少ない。これは昨夜から今朝までの着信分だ。

「これで黒岐から引き放せるし、うるさいマネージャーとおさらばで、俺自身は敬司の気をもらって張り切って仕事ができる」

猛流が満足そうに肯いて、敬司はえ？　と顔を上げた。

「黒岐さんから？」

「この際物理的に距離を置いた方がいい」

「そのためにマネージャーを……」

だとしたらなんとなく面白くない。

「ばーか。それは副産物だ。一番は俺の仕事。モデルのメンタルを損なうマネージャーはいらない。あいつは俺たちのじいさまに仕えていた男だから頭が固くて、自分の価値観を押しつけてくるんだ。だからよく衝突していた。敬司ならそんなことないだろ」

「それはやってみなければわからないけど。……その、黒岐さんは眷属なのか」

マネージャー業についてはあとでいろいろ確認することにして、黒岐のことを尋ねてみる。

「……興味があるのか」

猛流の声が低くなり恫喝を含んだ。雅流もきらりと目を光らせる。

「なんで君たちが黒岐さんをそんなに気にするんだろうと思って。相手が人間だったら、まず無視するだろ」

雅流がふっと笑い緊張が解ける。

「さすが敬司だ。わかっているじゃないか。黒岐は、おそらく眷属だと思われる。力があるのは感じ取れるのでね。ただ顕現《けんげん》していないし、本人も知らないようだから、過去に血が混じった先祖返りなのではないかと考えている。たまにいるんだ」

「普通に人を募集していたらやってきたから、みんなで驚いたんだ。な、兄ちゃん」

「そうだったな。手許に置いて万一に備えてはいるが、できるだけ刺激しないように注意しているところだ。突然自分が人間ではないとわかったら、下手をしたら精神を病む」

雅流は普通に話したが、その声の中に苦いものが交じっているように聞こえた。

「わたしたちは力はあるが少数だ。人として生きられるならその方がいい。うまく紛れような
んて考えなくてもいいからな」

何も言えなかった。人狼として力を持つのも、功罪あるということだ。だからこんなにも秘密保持に気を使っているわけだ。

その後、敬司の世話を相川に託して、雅流も猛流も仕事に出かけていった。午後にはなんと

か起き上がれるようになったが、出社は相川に止められた。

「急ぎの仕事がないのでしたら、休まれた方がいいですよ。無理をして回復を遅らせては何もなりません」

その通りなので、おとなしくしていた。

夜には獣二頭に挟まれて眠る。聞いてみると、夜は獣姿の方が過ごしやすいのだそうだ。月が影響するらしい。

「狼人間みたいだな」

と笑うと、二人共が噴き出した。

『我々はまさにその狼人間なのだが』

『敬司はしっかりしているようで、時々惚《とぼ》けているから面白いぜ』

笑われてむっとしたのは一瞬、穏やかな空気に敬司も和んだ。このまま時が過ぎていけばいい。成り行きに任せて。

翌日出社するとすぐ、課長に急な休みを取ったことの詫びを言い、荷物をまとめた。マネージャー室に行って室長から指示を受けるように言われているのだ。

「私物だけ持っていきなさい。あとの始末はこちらでするから」

課長に言われ、机を運び込んだときのことを思い出した。黒岐の怪力に驚いたものだ。人狼の血が混じっているのなら、そうした異能もあり得るわけだ。

当人はこれまで、違和感を持たなかったのだろうか。自分は人と違うと。

いやきっとあったはずだ。だからなんとなく浮いていたし、敬司に接近しようとしたのはもしかすると、猛流たちと同じく、気に惹かれたのかもしれない。

人狼たちには、甘くて美味い気だそうだから。

このまま何も知らないで生涯を送るのが、黒岐のためになるのかどうか。

思っても、敬司には何もできない。黒岐は黒岐の人生を歩くしかないのだから。

机の中から私物を取り出す敬司を、黒岐がじっと見つめていた。何かを訴えられているようで、罪悪感が湧いてくる。応えられなくてすみません、と内心で謝罪しながら、表向きは「お世話になりました」と頭を下げた。

黒岐の熱っぽい視線が、ドアを閉めてからも纏わりついてきている気がして、どうにも落ち着かない。

マネージャー室では室長と猛流、それにこれまで猛流についていたマネージャーが待っていて、さっそく引き継ぎが行われた。数日は前マネージャーが付き添って、仕事を教えてくれるという。

その日は雑誌の撮影とインタビュー、専属モデルを勤めているアミュでの打ち合わせ、歌手のプロモーションビデオの撮影があった。

敬司が猛流の仕事中の姿を見るのは初めてだ。そもそもモデルがどんな仕事をするかの知識もなかったから、驚きの連続だった。

雅流を兄ちゃんと呼ぶブラコン姿は、そこにはなかった。口を閉じ表情を消して立つ猛流は、精悍なと思わず見惚れる力強い雄そのもの。女性はそのフェロモンにやられるし、男はその強さに憧れるだろう。

シャッター音が響く中、猛流はカメラマンの指示のままに次々にポーズを取り、表情を作った。一瞬で空気が変わり、目を奪われた。まさにプロ。

撮影中は仕事がないので、ひたすら見ていたら、隣に座っていた前マネージャーがこほんと咳払いした。

「今日は調子がいいようだ」

「あの、いつもこんなふうではないのですか？」

「猛流様は気まぐれで、浮ついていて、勝手な行動が多く、何度注意しても無視なさる。苦労した。あ、また。調子よくいっていると思ったら、なんでスタイリストに逆らうのか」

前マネージャーが舌打ちするので猛流に視線を戻したら、確かにスタイリストの女性に首を振っている。カラフルなミサンガを勧められているのに、シルバーの重いバングルを示しているのだ。

「注意しなければ」

立ち上がろうとした前マネージャーを、敬司は慌てて止めた。

「今は集中しているときですから、苦言はあとの方が」

「しかし、あれでは撮影が進まない。本当にいつも自分勝手で我が儘で……。お諫《いさ》めするのもわたしの仕事だ」

前マネージャーは白髪交じりで五十歳代に見える。眉間に皺を寄せてぼやいている彼に、敬司は首を傾げた。

猛流の様子は、我が儘で言っているようには見えないのだ。スタイリストと話す顔は真剣そのもので、猛流がこの服装にはこのアイテムの方が合うと、本当に思っていることが伝わってくる。

スタイリストはその道のプロかもしれないが、猛流だってモデルとしてセンスを磨いてきているのだ。的外れな意見は出さないだろう。実際敬司には、今猛流が着ているシャープな印象の服には、シルバーのアクセサリーが合いそうに見えた。

前マネージャーをまあまあと抑えながら成り行きを見守っていると、猛流の意見が通ったらしい。スタイリストが首を傾げながら引き下がった。

「結局気まぐれを通してしまった。困ったものだ。篠宮さん、あなたにも心してもらわないと。猛流様の行動に目を光らせること。大上家の品位を失わせてはならない」

いやそれ、違うから。

生真面目な人のようだけど、頭が古い価値観で固まっている。聞いているこちらもかちこちになりそう。しかも的外れ。

これは奔放な猛流との相性は最悪だろう。ここで逆らってもと思い「はい」と答えておく。猛流がむっとこちらを見る。耳はいいからたぶんやり取りが聞こえたのだろう。不満そうだ。敬司がはいと言ったのを裏切りに感じたかも。

隣の前マネージャーに見えないように、膝元でひらひらと手を振り、にこりと笑ってみせる。唇だけで、バングルいいよと伝えた。途端に猛流の眉間の皺が消える。

いよいよ撮影が始まったとき、猛流は圧巻のパフォーマンスを披露した。

カシャカシャとシャッター音が響く中、すっと顔を上げ、バングルを嵌めた腕を頭上に突き上げたのだ。するとシャツの袖がするすると滑り落ち、男っぽい筋張った腕とバングルが剥き出しになった。

さらに、上げた顔の表情との兼ね合いがまた絶妙で、居合わせた全員がごくりと喉を鳴らした一枚になった。

腕を力強く宙に突き上げ天を仰いだそのショットは、猛流の写真の中でも白眉の出来となり、雑誌の表紙を飾り、さらにその後、写真集の表紙にもなった。

撮影が終わると猛流は、機嫌良く敬司の元に戻ってきて、得意満面で「よかっただろ」と自画自賛した。

前マネージャーが眉を吊り上げて「もっと謙虚に」と言いかけた言葉に被さるように、敬司は急いで「かっこよかったよ」と口を挟む。そして前マネージャーの小言を封じるために、続けてカメラマンにも、「今のは本当にいいショットでしたね」と声をかけた。

もちろんカメラマンも満足しているから大いに肯く。

「ああ、とてもよかった。今のショットは会心の出来だよ。代表作になるかもしれない」

満面の笑みで言ってから、カメラマンが猛流を振り向く。

「それにしても、袖のボタンはいつ外したんだね。袖が君の腕をスーッと滑り落ちたとき、ぞっとするほどの色気を感じたよ」

「ああ、あれはバングルを着けたとき、これが目立たないと意味がないと思ったので咄嗟に」

そういう感覚が、猛流を一流のモデルにしているのだろう。

次のアミュに移動して打ち合わせをしているときも、前マネージャーは細かな注意を猛流に与え続けた。確かにそれは正論ではあるのだが、猛流の奔放さを矯《た》めることに繋がりかねず、これを毎日やられたら仕事する気がなくなるなと感じた。

自分はまだマネージャー業はよくわからないが、少なくとも猛流が気持ちよく仕事ができるように手助けするのが本分ではないかと感じる。態度や言葉使いなどは、家で注意すればいいことだ。

とはいえ、猛流が周囲に配慮することなく動くことが度々あるので、前マネージャーがくどくど言いたくなる気持ちもわからないではない。が、そこは忍耐だろう。優先すべきは秩序ではなく、猛流がいい仕事をすることなのだから。

前マネージャーは二日間同行し、その後外れた。やれやれと肩の荷を下ろした気がする。何度も猛流と前マネージャーの間の仲裁をして、敬司も疲れてしまった。知らないことはいっぱいあるが、猛流が補助すると言ってくれたので、なんとかなるだろうと思っている。少なくとも精神的には一気に重みが取れて、楽になった。

今日は野外での撮影だ。季節を先取りするので真夏バージョン。外の気温は昼間でもまだ十度前後なのに、寒そうな顔一つ見せない。本当にプロだ。

撮影が順調に進んでいるとき、急に周囲がざわついた。なんだ？　と振り向いたら、雅流だった。長身とその美貌で周囲を圧倒しながら近づいてくる。敬司に視線を向けちらりと笑みを見せたあと、撮影中の猛流を目を細めて眺めた。

猛流も兄が来たことに気がついているだろうに、集中を切らさない。

「ようし、少し休憩」

と声がかかって初めて、「兄ちゃん！」と喜色満面で飛びついていった。そこをすかさずカメラマンがシャッターを押す。

「江木《えぎ》さん、それはなしですよ。猛流のイメージが崩れる」

雅流がカメラマンに苦情を入れる。確かに今のショットは、ただただやんちゃで甘えたな性格が丸出しだ。これまで作り上げてきた野性的な印象のモデル猛流とは真逆を行く。

「じゃあ、ちゃんとしたのを取らせてよ。君と猛流のツーショットは売れるんだから」

「わたしはもう引退しているんですけれどね」

「またまた。時々手タレとかパーツモデル、やってるじゃないか」

「よく気がつきましたね、さすがカメラマン」

と雅流が笑い、その場で三ショットだけ豪華なコラボが実現した。

同じ長身でも雅流は正統派の美形まさに王子様で、猛流は荒々しい武士や闘士のイメージだ。肩を寄せ合ってはいても、決して馴れ合わない強さ。カメラを見据える苛烈な視線に、写すカメラマンも周囲の人間も痺れた。正面から一枚、背中合わせの一枚、そして立ち去る寸前に互いに振り向いたといった感じの一枚が、フイルムに焼きつけられた。

「あとで契約書を送りますからね。それまで勝手に流出させないでくださいよ」

雅流が釘を刺すと、カメラマンは興奮したようにうんうんと肯いた。

「なんにでもサインする。だからこれを使わせてくれ。絶対に悪いようにはしないから」

昂揚した言葉に、雅流は苦笑する。

「江木さんは口がうまいからなあ」

「でも腕は確かだろ」

「そうなんですよねえ。まあ取り敢えず契約を交わしてから……」

そんな会話を交わしているのを聞いているとき、いきなり雅流が顔を上げた。空気を嗅ぐように鼻を蠢かせ、ぐるっと周囲を眺めた視線が、一点に絞られる。敬司が鞄を置いている折り畳み椅子へと。

「猛流！」

自分より猛流の方が近いと見た雅流が叫ぶより先に、猛流自身が行動を起こしていた。百メートル走のランナーよりも早く視界を突っ切り、敬司のバッグを引っ掴むと、窓を叩き壊して外に放り投げたのだ。

みんながあっけに取られて、というより猛流の動きが速すぎて、何が起こったのか理解していない間の出来事だった。

その次の瞬間、どんと鈍い炸裂音がする。

悲鳴が上がった。頭を抱えて蹲《うずくま》る者、物陰を求めて走る者、突っ立ったまま震えている者。パニックがその場を支配している。敬司もまた、蒼白な顔で呆然と、窓の側に立つ猛流を見ていた。

「あれ何、なんの音、なんか爆発したみたいよ」

「なんだったんだ、爆発か？　テロなのか？」

ようやく声が出せるようになった者から、互いに顔を見合わせ喋り始め、そのくせ誰も見に行こうとはしない。

カメラマンが窓から戻ってくる猛流に視線を向けた。

「爆発、したのか？」

「した」

「したって、君、下は通路だろ！」

呪縛が取れたらしいカメラマンが、青くなって窓に駆け寄った。

「ちゃんと確かめた」

素っ気なく言った猛流が雅流の傍らに立つ。小声で何か言っている。周囲が騒然として、何を言っているのか敬司には聞こえない。ただ話しながら二人でちらりとこちらを見たので、自分のことかもと思う。

「なん、だ、ゴミ置き場だ。ゴミが散乱している。たいした爆発じゃなかったみたいだ」

ほっとして息を吐き出したカメラマンの言葉を聞きながら、敬司はのろのろと自分の手に目を落とした。

あのバッグは自分のものだ。あの中に爆弾が入れられていたなら、狙われたのは自分……？たいした爆発ではなかったとしても、手に持っているときに爆発したら、少なくとも怪我はしただろう。もしかしたらそれ以上も……。

ぞっとした。背筋に悪寒が走り、手の震えが酷くなる。その手をぎゅっと握り込みもう一方の手を被せた。

狙われるような心当たりはない。ないけれども、今は誰でもいいからと他人を傷つける人間もいるのだ。

「警察に連絡しなくちゃ」

カメラマンのあとから皆が窓を見に行き、その中の一人が今さらのように携帯を取り出した。それを雅流が止めた。

「今ここで警察はやめてください。騒ぎは困る」

「しかし……」

「仕掛けられていたのはうちの篠宮のバッグです。実は、猛流の仕事をキャンセルしろという脅迫が来ていまして。それでわたしが様子を見に来たわけです」

「そんなひどい話が……」

カメラマンが血相を変えた。

「内々で調査して相手の見当はついています。その証拠も揃えたあとで、警察に通報しますから。ここは穏便に」

「しかし、爆発の痕跡が」

カメラマンの危惧に雅流は鮮やかな笑みを向けた。

「うちのスタッフが片づけています。写真は撮りましたので、証拠隠滅と言わないでくださいね」

にこりと笑い、その魅力で周囲を煙に巻いて、雅流は猛流を促し敬司の腕を掴むとさっさとその場を離れた。

「絶対誰かがツイッターに上げるぞ」

猛流が気がかりそうに、数人で集まって何やらひそひそやっているカメラマンのスタッフ連中を見た。

「そのときはそのときだ。うちのサイバースタッフに監視させておこう。彼らのアドレスはすぐわかる」

雅流たちが善後策を話している間、敬司はまだぼうっとしていた。自分のバッグに爆破物が仕掛けられていた事実が、まだ呑み込めない、あるいは納得できないでいる。どうして、なぜ僕のバッグにと堂々巡り。雅流に腕を掴まれていたからなんとか歩いているが、心はどこかに飛んでいた。

「しっかりしろ、敬司」

車に押し込まれ、猛流に肩を揺すられてようやく、敬司は虚ろな眼差しを彼に向ける。

「なんだその腑抜けた面は」

パンと頬をはたかれた。

「痛っ……、何するんだ」

「お、目に光が戻ってきた」

強く叩かれたようで、頬がひりひりする。撫でていると、猛流がふんと鼻で笑った。

「この非常時にとぼけているからだ」

腕組みをして偉そうにふんぞり返っている。

「……脅迫されているって？」

呆然としていても、経緯は耳に入っていた。右隣に座っている雅流に聞いてみる。厳しい表情だ。美形が表情を消すと、近寄りがたさがいっそう増す。一緒に住んで慣れたつもりの敬司にしても、話しかけるのに気後れした。

「事務所に脅迫状が来ていた。内容は稚拙《ちせつ》なものだったが、それに火薬の臭いがついていたので、担当者がわたしに知らせに来た。気になって様子を見に行ったら、今の騒ぎだ」

「……僕のバッグに爆弾が入っていた」

「そうだな」

「いつ誰が入れたのだろう」

呟いたが、返事がない。猛流を見るとすっと視線を逸らされた。慌てて雅流の方を振り向いたら、鋭い眼差しで射抜かれるように見返された。

「まさか、僕を疑っている？」

信じられないと言ったら、雅流に厳しい口調で告げられる。

「取り敢えず今日からは出社しなくていい。相川によく言っておくから、逃げようなんて考えるなよ」

衝撃で言葉もなかった。

「なんでっ、僕がそんなこと！」

「自分で入れるのは簡単だが、他人のバックに爆破物を仕込むのは難しい。しかも被害が出ないように、爆破するタイミングをちゃんと図っている。近くにいないとそんなことは無理だ」

「そんな……、理由は！　僕がそんなことをする理由！」

「そうだな。理不尽な扱いに復讐したかったとか、恨んでいるとか」

「は？」

雅流の指摘に頭がついていかなかった。なぜ自分が彼らに復讐したいと思うのか。するとそれまで黙っていた猛流がぼそりと言った。

「仔狼になっていた俺を助けたのに、その代わりに自由を奪われ監禁された。今もセックスを強要されている。腹を立てて当然だ」

敬司は戸惑った。そうなんだけど、事実だけを見ればそうなるんだけど。

猛流の言葉の違和感に眉を寄せる。自分は嫌ではないのだ。最初は、それは酷い、なんなんだと思ったが、住環境は向上し、仕事は安定した正社員。それもきちんと評価してもらっての異動だ。

前の会社でセクハラをされた元上司との揉め事も、満足できる形で納めてもらった。

夜は三人でセックスしているが、これも自分は柔軟に受け入れてしまっている。

現在はこれまでの人生で、もっとも充実していると言ってもいい。

だから、復讐とか恨みとか、猛流に言われてもそぐわない感じが先に立つのだ。

「ともかく、しばらくはマンションから出るな。相川、頼むぞ」

雅流が運転席に声をかけ、そのとき初めて敬司は運転しているのが相川だったと知った。乗り込むときは呆然としていたし、その後も話の内容に気を取られて、誰が運転しているかなんて、意識にも上らなかった。

「お任せください」

相川が力強く承諾する。

何をどう言っていいかわからないでいるうちに事務所に帰ってきた。敬司は相川に付き添われ、最上階の住まいに向かう。雅流と猛流は対策会議とかで、社長室に行ってしまった。

「大変でしたね。何かお飲み物をお持ちしましょう」

部屋に入った途端立ち尽くした敬司を気遣うように、相川がキッチンに立つ。

「いえ、何もいりません」

肩を落として自室へ入ろうとした敬司に、相川が声をかけた。

「雅流様はあなたの安全を考えて、部屋から出ないように言われたのですよ。脅迫は猛流様とその周辺という形であったそうですから。マネージャーのあなたは一番狙われる立場なのです」

真摯に話してくれたが、敬司の傷ついた心を慰める役には立たない。

「でも、はっきり言われたのです。一番怪しまれずにバッグに不審物を入れられるのは本人だと。また、爆破する時間に側にいないと制御できないだろうって」

「篠宮様……」

敬司は苦い笑みを唇に刻む。

「慰めていただいてありがとうございます。少し部屋で休みます」

力なく背を向けて自室に引っ込んだ。上着を脱ぎ、ベッドにごろりと横になる。顔の上に腕を載せて目を閉じた。

何度も先ほどのシーンが蘇る。

猛流がバッグに飛びついて窓の外に投げ、爆発したこと。雅流におまえが犯人だと糾弾されたこと。猛流には復讐心を持って当然と言われた。

「本当に自分は、どうして彼らを恨まなかったのだろう」

されたことを表面だけ見たら確かに酷いことだ。だがそもそものとき、敬司は苦境に陥っていた。会社を辞めて再就職も邪魔をされ、まさにじり貧状態。

そこを雅流と猛流に救われた。セックスも強要されたという意識より、流されてしまった気持ちの方が強い。しかも無理やりに見えて、敬司の意向を最大限汲んでくれた。受け入れられないことは決してされなかったし、基本的に敬司を尊重してくれていた。

だから絆されたのだ。絆されて、好きになった。

「好きになっていたのか……」

改めて認識して唖然とする。だから疑われて深く傷ついたのだ。

雅流と猛流の裏切りにも近い言葉を思い出しそうになって、慌てて首を振る。

「やめやめ。落ち込むことを考えていてもなんの進展もない。それより、犯人は誰なのか。僕でないことはわかっているのだから、犯人を捕まえて彼らに突きつけてやる。そして謝罪させるのだ」

まずは考えろ、とバッグに爆弾を入れるチャンスが誰にあるか考えてみた。バックは、会社に置いたままだから、触ろうと思ったら誰でも触れる。爆発物を入れるのも自由だ。そうすると、犯人は社内の人間？　あるいは日常出入りして、内部のことに詳しい者。猛流ほど売れていない同じ事務所のモデルの可能性もある。というか、仕事を断れと脅迫するなら、その先が濃厚だ。

自分でさえそれくらい思いつくのに、雅流たちはなぜそれを考えなかったのか。

元上司との一件のときは、頭からこちらを信じてくれた。結局あれ以来元上司からの接触はなく、雅流たちに心から感謝したというのに。

夜になっても食欲はなく、相川が敬司の好物ばかり作ってくれたが、ほとんど残してしまう。

「篠宮様……」

相川が困惑しているが、敬司としても気鬱でどうしようもない。雅流たちが帰ってきたら話をしようと思ったら、どうやら今夜は後始末に忙しくて帰れないらしい。

「ああっ、もうっ」

自室に帰っても気がむしゃくしゃして晴れない。

そのときだ、窓ガラスをこつこつ叩く音がした。ぎょっとして振り向く。何しろここはビルの最上階。人が忍んでこられるようなところではない。

しかし、以前にも一度侵入者があった。猛流が飛び込んで追い払ってくれたのだが。もしかして、また？　結界があるから入れないいんじゃなかったのか。

音はずっと続いている。敬司はおそるおそる窓際まで行った。カーテンの隙間からそっと外を覗く。窓の外はベランダになっていて、そこに黒い人影が立っていた。人型に見えるので、驚いてさらに目を凝らす。

もっともこんなところにいること自体、人間ではあり得ないのだが。

すらりとした体躯に見覚えがある。まさか！

思わず鍵を外して窓を開けていた。途端にすーっと冷たい風が吹き込んできて、一緒に外にいた相手も入ってきた。

「黒岐さん……」

呆然として相手の名前を呼んだ。動きやすいようにズボンを履いているし丸眼鏡もかけていないが、それは間違いなく黒岐だった。

「なんで……、どうして」

言葉は胸の中に溢れかえっているのに、出てきたのはそれだけ。言いたいことがありすぎて舌が縺れたのだ。

黒岐がにこりと笑った。

「ビルの最上階って、一階と同じくらい忍び込みやすいのよ。覚えておくといいわ」

「はあ？」

黒岐が指差す方をみると、確かに上からだらんと縄梯子が下がっている。

「屋上から!?」

「そうよ。非常階段に鍵はかかっていないから、事務所から行けば楽勝ね」

「でも、どうしてここへ」

「あなたが爆発騒ぎの責任を取らされたと聞いたから」

敬司は呻いた。

「……そんな」

「わたしは、あなたは無実だと信じているわ。だから、それを証明しに行きましょう」

冷静だったら、この話はおかしいと敬司も思っただろう。だがそのとき、雅流や猛流に見捨てられた気分でいた敬司は、その提案に飛びついた。もともと自分で犯人を捕まえてやろうと考えていたこともある。

それにいくら忍び込みやすいといっても、屋上から縄梯子でやってくるなんて危険すぎる。それを自分のために決行してくれた黒岐の心意気に感じ入ってしまった。自分の味方は黒岐しかいないと強く思ってしまったのだ。相手はそれを狙ってきたとは少しも疑わずに。

どうやって証明するかは脱出してから考えればいいと、黒岐が急かす。

「閉じ込められていたのでは、何もできないでしょ。とにかくここを出て、わたしの所にいらっしゃい。それから、事件の検証をしてみましょう」

「ありがとう。心から礼を言います。こんな僕のために」

胸が締めつけられて、敬司は頭を下げた。泣きそうだ。

「じゃ、行きましょ」

黒岐に誘われ、敬司は急いで上着を着ると彼女のあとから縄梯子を上がっていく。

「下を見たら駄目よ。上だけ見て」

言われたのに、言われたからこそちらっと目をやってしまった。

「うわっ」

ビルの下を走る車がミニチュアに見えた。歩いている人なんてまさに米粒だ。そんな中、吹きさらしで身を守る足場もなくここにいる自分。敬司は縄梯子に掴まったまま固まり、動けなくなってしまった。

「だから見るなって言ったのに」

黒岐が舌打ちした。そうされても仕方がない。

「ごめん」

自分でも情けない。なんとか縄梯子の上の段を掴もうとするが、指が今握っているところを放そうとしないのだ。

「じっとしてて。なんとかするわ」

黒岐はするすると上がっていき、敬司の視界から消えた。と、縄梯子がぐらっと揺れる。

「……っ」

危うく悲鳴を上げるところだった。かろうじて声を抑えて上を見ると、屋上に着いた黒岐が縄梯子を引き上げているところだった。敬司をぶら下げたまま！

その膂力《りょりょく》には呆れた。いくらなんでもそれはないだろうと思うのに、縄梯子はじりじりと上がっていき、程なく屋上まで引き上げられた。

「黒岐さん……」

「もう、大汗をかいちゃったわ。さ、行きましょう」

汗をかいたと言いながら、息を荒げているわけではない。大人の男ごと引っ張り上げてしまうなんて、常人離れしている。と考えたところで、雅流たちが話していたことを思い出した。

そうか彼女は顕現していないが人狼だった。

それでも凄いと思いながら、彼女に従い非常階段を下り始める。上るより楽とはいっても、この高さから下りるのはさすがにきつい。敬司は途中で荒い息を吐きながらになったが、黒岐はとうとう平静なまま下りきった。

「こっち」

言われるままビルから離れ、少し離れたところに停めてあった黒岐の車に乗り込む。黒岐が運転席に座りすぐに走り出した。黒岐は緊張した顔でハンドルを握っていたが、交差点を二つ通り過ぎたところで、いったん脇道に逸れ車を停めた。

「やれやれ、ようやく結界を離れた」

声が、低い。

「え!?」

瞠目《どうもく》した敬司の前で、黒岐が変貌していく。柔らかな女性の身体が骨張った男の身体へ。声は女声のアルトから男声のテノールへ。顔も綺麗は綺麗だが、はっきり男とわかる顔に。

「な、なんで……」

「わたしは白岐芳衛《しらきよしえ》という。黒岐芳江《よしえ》は仮の姿だ」

たんたんと説明されて、敬司は茫然とする。誰だって驚愕するはずだ。こんな、女が男へ変身するなんて。目の前であったことなのに、我が目を疑った。だが何度見直しても、運転席にいるのは男。

なぜそんなことができるのか。雅流たちが人狼なので、人間以外のいわゆる妖と呼ばれる生き物が存在することは認識していたが、狼以外のそれなんて……。

「……人間じゃないんだ」

「わたしは白蛇一族だ」

「蛇!? あ、もしかして一度僕の部屋に忍び込んできた妖は……」

「わたしだ。昼間おまえに暗示をかけて、窓の鍵を開けさせておいた。結界は中の人間が自ら開ければ破れるものなのだ」

「そんな……」

敬司は意味もなく首を振った。混乱して何をどうすればいいのかわからない。自分の取るべき行動は。

考えが纏まらないうちに、黒岐、いや白岐が再びアクセルを噴かし車をスタートさせた。がくんと身体が揺れ、はっとする。

取り敢えず、今の状況はまずい気がした。白蛇一族だという、得体の知れない相手の手の内にいるのは。

彼が、なんの理由もなく危険を冒して自分を連れ出すはずがない。恋するふりをして近づいたそもそもの初めから、何かに利用しようというつもりだったのだろう。だがいったい何が目当てで?

「それはもちろん、苦労して仮の身体を作ってまで潜入していた目的のためだ。おとなしくしていれば、必ず帰すと約束しよう。人を傷つけるのはわたしの本意ではない。狙いは雅流たちだけだからな」

胸の奥で炎が灯った。許せない。雅流や猛流への牽制に自分を使おうだなどと！

「脅迫や爆発物は、あんたか」

歯軋りする思いで尋ねると、白岐はあっさり肯いた。

「そうだ。思った以上にうまくいった。あいつらはおまえを大切にしているみたいだな。本拠地に隔離して守ったつもりだろうが、当人に不審感を持たれていたのでは意味がない」

雅流たちを嘲弄《ちょうろう》する白岐の言葉は、そのまま敬司への非難になる。自分を守ってくれようとした相手を信じ切れなかった……。相川の台詞をもう少し考えていればよかったのだ。

『あなたの安全を考えて、部屋から出ないように言われたのですよ。脅迫は猛流様とその周辺という形であったそうですから。マネージャーのあなたは一番狙われる立場なのです』

そう教えてくれたのに。部屋を出るなと言われたのは、こうした事態を避けるためだったのだろう。ちゃんと言ってくれれば、と雅流たちを責めるのは間違いだ。これまで彼らとつきあってきて、それくらい見抜けて当たり前なのに。

信じなかった自分は、こうしておめおめ誘い出されてしまった。だがまだ利用されてはいない。何をするつもりか知らないが、このまま利用されて堪るものか。

敬司は熱心に外を見ている振りをした。そうして、シートベルトを外すべく、さりげなく口ック部分に手をかける。もう一方の手は窓枠に所在なげに預けられていたが、垂らした指先で、ドアのロックが外れないか試している。

チャンスは一度だけだ。

ドアを開けるのとシートベルトを外すのを、同時にやらなければいけない。道路に転がり落ち、大怪我をするかもしれないが、このまま白岐に拘束されるよりはましだ。雅流や猛流にこれ以上の負担をかけるなんて耐えられない。

敬司は覚悟を決めた。

次の信号に近づいたら、やる。

無意識にシートベルトを探った、そのときだ。

「逃げようとしても無駄だ」

白岐が敬司をちらりと見て薄く笑う。

「何かをするのが無駄ってことはないと思ってる。こんなことされて、逃げるに決まっているじゃないかっ」

冷静に言ってやろうと思ったのに、語尾に力が入った。

「強気だね。そこがいい。おとなしく控えめに見えるのに、内実は勝気で負けん気が強い。ギャップ萌えというか、おまえを見ていると泣かせてみたいと思うよ」

「泣かない！」

意地でも、どんな目に遭わされても、絶対に。拳を握って宣言する。

「惚れ惚れするな、その勝気さ。しかも近くに寄るといい匂いがするし。大上たちが入れ込むのがわかる気がする」

「うるさい、聞く気はない」

それより集中だ。信号が迫ってきた。よし今だ。

「……っ」

しかし実行はできなかった。白岐から噴き出した白い触手が敬司に巻きつき、自由を奪ったのだ。靄は次第に実体化し、最後には純白の子蛇になった。赤い目で敬司を見て赤い舌をちろちろと出して纏わりつき、敬司は鳥肌を立てて逃れようともがいた。

だが首も手首も足首も、しっかりと拘束されて身動きできない。

「そのままおとなしくしていろ」

ほくそ笑む白岐の傍らで、敬司は自らの軽挙にぎりぎりと歯噛みをした。


敬司がいなくなったという知らせは、相川からもたらされた。ベランダの窓が開いていると聞いて、雅流たちは以前の侵入者を連想する。

「やつか……」

対策を協議しても、目的がはっきりわからないと立てようがない。しかも爆弾まで使っているのだから、この先も過激な手段に出る可能性がある。猛流の活動を自粛して、その間に犯人を突き止めようという方針だけは早々に決まったのだが。

そこへ敬司の行方不明だ。猛流がいきり立つ。

「だからちゃんと事情を話そうと主張したのに！　なんで反対したんだよ、兄ちゃん」

猛流に責められて、雅流が苦渋の表情を浮かべる。

「あの性格なら、疑っていると言ったら逃げないと思ったんだ。疑いが晴れるまでは」

「自分で探しに行くタイプだぜ、敬司は」

「それでも最上階だ。助けがなければどうしようもない」

「あったみたいだけどな」

口論しながら自宅に戻り、「申し訳ありません」と頭を下げる相川に手を振って気にするなと伝える。

「責められるべきは、油断していた俺たちだ。おまえのせいじゃない」

「結界を張っても、敬司が自分から窓を開けてしまってはどうしようもない」

猛流が窓からベランダに出て、しげしげと上を眺めた。次の瞬間、撓んだ身体がジャンプして視界から消える。屋上に飛び上がったのだ。

「匂いが残っている。敬司のものだ」

上から声が聞こえ、少しして飛び降りてきた。

「非常階段を使ったようだ」

「とするとうちのスタッフか」

愕然と口にする雅流に、下りてきた猛流が肯いた。

「黒岐だ」

「黒岐……？」

「しかもあれは狼ではなく蛇性だ」

雅流は顔を顰めた。

「ずっと騙されていたというのか、このわたしが」

雅流は、次期トップゆえの強烈なプライドを持っている。それを虚仮《こけ》にされたと思ったのだから、凄まじい怒気を発している。空気がびりびりと震えた。猛流が一歩引いたほどだ。

怒りで燃え立たせたままの瞳で、猛流を振り向く。

「追うぞ」

一言で足りた。猛流にしても、守り切れなかったと、内心に忸怩《じくじ》たる思いを抱えている。二人の身体が見る見る変容を始めた。敬司を押さえたからは、待っていれば脅迫してくるはずだ。

だがそれが待てなかった。一刻も早く助け出したい。

その焦燥の原因を二人とももうわかっている。敬司の気が、雅流や猛流に甘く芳しく感じられるのも。

最初は確かに成り行きで、気まぐれに手を伸ばした。だが付き合いを重ねるにつれ、深い思いが育っていったのだ。今では敬司を手放すことなど考えられない。

狼に変化すれば、能力をフルで活用できる。雅流が鼻先を上げて空気の匂いを嗅ぐと、猛流もまた同じように鼻を蠢かす。

『東南の方角だ』

雅流の声を合図に、二頭の獣が夜に放たれた。

「行ってらっしゃいませ。ご無事のお帰りをお祈りいたします」

と相川が深く頭を下げて見送る。

闇を伝ってするすると獣が走った。少し走っただけで匂いが急に薄くなる。車に乗せられたようだ。だが二頭の能力を合わせれば、追跡は可能だった。

ひた走りながら、雅流は黒岐の住所を思い出していた。きちんと記入されていたから架空の住所ではないはずだ。現に向かう先はその住所を示している。

先を走る猛流がいきなり立ち止まった。

『結界だ』

『蛇性のやつだ。慎重に破らないと』

『その必要はない。もう相手は俺たちの接近を察している』

攻撃力の強い猛流の言うことだ。雅流はわかったと肯き、二人の気を合わせる。二頭の狼からゆらりと立ち上った気が、空中で混ざり合い撚り合って硬く強く鋭い刃になる。

その刃を雅流が意志の力で操り、結界に叩きつけた。パーンと音を立てて、一瞬で結界が砕け散る。二頭が勢いよく突っ込もうとしたとき、結界の喪失で歪んだ視界の中、佇《たたず》む人影が見えた。

『猛流、待て。敬司だ』

靄が薄れると、敬司が首にナイフを突きつけられて立っていた。だが背後に立つ男に覚えがない。

「ごめん、雅流さん、猛流。僕がドジを踏んだ。黒岐、じゃない白岐に騙されて」

『あれが、黒岐?』

雅流たちは目を疑った。彼らの前で黒岐は女性だった。だがそこにいるのは、すらりとしてはいるが男だ。しかも敬司はその男を白岐と呼んだ。

『そこまで騙されていたのか』

雅流がぎりっと歯噛みをする。

「もともと蛇神は変化の術に優れている。狼なんぞに見破られて堪るものか」

白岐が挑発する。雅流と猛流は毛を逆立て、今にも飛び掛かろうと身構えた。が、敬司の首

のナイフを見れば、思いとどまるしかない。

『敬司を放せ。俺たちが来たからはもういいだろう。そいつは誘き出すための餌なんだろうが』

「確かにそのつもりだったが、おまえたちの力が予想外だった。まさか結界を力で破られるとは思わなかったな。よって、彼にはもう少し人質になってもらう」

『なんだと！』

『よせ、猛流。わかった。敬司を解放する条件を言え』

「駄目だ、聞くな！　こんなのの言うことなんか！」

敬司が叫ぶ。自分のせいで雅流たちが追い詰められているのが悔しい。

「こんなのとは失礼な」

白岐がぼやいたが、頭に血が上っている敬司には聞こえない。喉に当てられたナイフをものともせず、身体を捩って雅流たちに手を伸ばす。

「おっと、危ない」

『馬鹿、動くな』

『敬司！』

白岐が慌てて喉に当てていたナイフを引き、雅流と猛流が焦って制した。だが敬司の喉にはうっすら筋を引く赤い痕が刻まれてしまう。

『貴様、よくも敬司を！』

猛流が瞬時に白岐目がけて飛び掛かり、押し倒す。白岐はナイフを避けていたのが災いし、咄嗟のときに敬司を脅しに使えなかったのだ。隙を見逃さなかった猛流の勝利だった。

だが、容赦なくそのままのど笛に噛みつこうとした猛流を、白岐が慌てて止める。

「待て、いいのか。敬司が絶命するぞ」

『何？』

しっかり白岐を抑え込んでから猛流が振り向くと、敬司の首に細い白蛇が巻きついて締め上げていた。敬司は苦しそうに呻いている。雅流が人型に変身して蛇を掴み取ろうと悪戦苦闘していたが、一部を引き千切っても、どこからともなく湧いてくる白い霧がすぐに修復してしまう。どうしても喉の蛇を取り除けない。

『兄ちゃん、何やってるんだ。そんなしょぼい眷属など、気で吹き飛ばせ！』

猛流がもどかしげに怒鳴ったが、できないと、雅流が歯軋りしながら怒鳴り返した。

「喉だぞ。排除できるだけの気を使ったら、敬司の喉が潰れる」

『くっそう』

猛流が白岐の顔のすぐ側に、気で引き寄せた石を叩きつける。石は粉々に砕け飛び散った。

「ちょ……っ、乱暴だな。今の、掠ったぞ」

白岐が文句を言う。優勢だとわかっているから、押さえ込まれていても余裕なのだ。その間も雅流は蛇をなんとかしようと取り組んでいたが、敬司の顔はどんどん青くなっていく。

「もうチェックメイトじゃないか。人の身体ではこれ以上耐えられないと思うぞ」

白岐が声をかけた。雅流がぎらっと目を光らせて、白岐を睨む。だが次の瞬間天を仰ぎ、猛流に声をかけた。

「猛流、引け。ここはそいつに従うしかない」

『でも、兄ちゃん』

「敬司が息をしていない」

『ええっ』

猛流が白岐を放り出して駆け寄った。鼻を近づけて、本当に息をしていないのを確かめる。

『おい、白岐、わかっているのか。敬司が死んだらおまえも即座に粉々にしてやるぞ。このくそ蛇を退けろ』

「やだね。でも死なれたらわたしも困るから、少し緩めてあげるよ」

押し倒されていた姿勢からのろのろと起き上がりながら、白岐が指をひらひらと動かした。するとこれまできつく巻きついて離れなかった蛇が、するりと緩んだ。この隙に引き剥がそうとしたらまたぴったりと張りついたが。

「敬司、敬司、しっかりしろ」

何度か頬を叩くと、敬司がうっすらと目を開けた。苦しそうに息をしている。絶息寸前で、息を吹き返したのだ。

「雅流さん、ごめん。僕のせいで、ごめん。猛流も……」

敬司は雅流の腕を掴み、何度も何度も詫びる。獣姿の猛流にも潤んだ眼差しを向け、ごめんと呟いた。

「いいから、僕なんか見捨てて。あんなのに頭を下げちゃ駄目だ」

苦しい息の下で繰り返す。

「そんなことできるか。もう喋るな」

雅流が敬司を抱きかかえて顔を上げ、真っ直ぐ白岐を見据えた。

「それで、何が所望だ」

「ほんとは、奪われたものを取り返せればとしか考えていなかったんだが、あんなのとか言われて腹が立ってきた。条件を増やす。わたしの前で土下座しろ」

「なんだと！」

「駄目……だ。しないで」

敬司が雅流の腕を掴む指に力を入れる。駄目だと、懸命に首を振った。

「生意気だね、敬司も。可愛くて本当に気に入っていたのに、可愛さ余って憎さ百倍」

白岐がくいと指を動かすと、敬司の首に巻きついていた蛇が一瞬だけ強く絞まった。

「くっ」

「おい」

猛流が咎めるより先に白岐が指示して気道を解放する。

「さて?」

白岐が睥睨《へいげい》するように雅流たちを見た。悔しそうにしながらも、雅流が敬司をその場に横たえ、猛流を呼ぶ。地面にぴたりと座り、息を整えた。

「いやだ、駄目。そんなこと、するなぁ」

蛇に首を絞められながら、敬司が叫んだ。させてはいけないと思い詰めているのだ。その声を心地よく聞きながら、雅流は猛流に目で合図する。これだけ必死なところを見せられれば、もういいな、と視線で言葉を交わした。猛流が肯く。敬司を守るために白岐に頭を下げることくらい、なんでもないと。

揃って土下座しようとしたときだ。いきなり血の匂いがあたりに拡散した。

「敬司!」

愕然と顔を上げた雅流と猛流の前に、喉から血を噴き出させた敬司がいた。切断された子蛇がぽとりと地面に落ちる。敬司の手には、先ほど白岐が握っていたナイフがあった。白岐の力が籠もっているから、眷属の蛇を切れたのだ。

「馬鹿、なんてことを」

駆け寄った雅流と猛流に掻き抱かれ、敬司は儚い笑みを浮かべる。

「よかった。土下座なんて、駄目だ。二人とも、誇り高い狼なのに」

喋るたびに血が噴き出すのを見て、雅流と猛流は出血を止めようと喉を圧迫する。喉を切ったのに即死にならなかったのは、巻きついていた蛇のおかげなのだろう。だが傷は深く、流れる血量が少し減っても、完全には止まらない。

敬司は手が届くところに落ちていたナイフを使って、蛇を切り裂こうとしたのだろうが、目算を誤って自分まで傷つけてしまったのが真相のようだ。

「うちの子を。酷いことをする。まだ尻尾だからよかったが」

白岐が腕に子蛇を巻きつかせながら近寄ってきた。白い蛇体の尻尾が千切れている。白岐はその場に佇んで、出血が止まらない敬司を黙って見ていた。沈痛な気配を漂わせているところを見ると、この事態は彼の本意ではないのだろう。

「おまえにも責任があるだろうが。手を貸せ。万一敬司が死んだら、生皮を剥いで切り刻んでやるからな」

猛流が乱暴に脅した。白岐が痛みを滲ませる口調で答える。

「助けたくても、わたしにはできないのだ。できるのはせいぜい子蛇の命を繋ぎ止めるくらい」

「なぜ！」

「神通力を増幅させる鱗をなくしたから。猛流、おまえが盗んだものだ。それを返してほしくていろいろ画策《かくさく》したのだが」

「はあ!?　鱗？　そんなもの、盗んだ覚えはない！　適当なことを言うな」

「でも確かにおまえが持ち去ったのだ。鱗の残光がおまえに纏わりついていた」

鱗が鱗がという言葉の応酬に、敬司がゆっくり目を開ける。もうその目には光がない。時間の問題かもしれないと、雅流と猛流はぞっとする。

「鱗、あったよ。部屋に落ちてた」

争いの元がそれならと、敬司が鱗の在処を告げる。やり合っていたのが耳障りだったようだ。

「それをどうした。捨てたのか」

喜色を滲ませて、白岐が身を乗り出した。邪魔だと雅流が彼を押し退ける。手を敬司の喉に当てて微量ずつ気を注いで傷を消そう、出血を止めようとしているのだ。

「ポトスの器の中に」

敬司はそれだけ言ってしんどそうに喘ぎ、ぐったりとなった。

「猛流、そいつと一緒に行ってみてくれ。いやその前に相川に電話だ。ちっ、電話はないか」

狼姿で追ってきたから、携帯電話など一切持ち合わせていない。

「わたしが持っている」

「貸せ」

猛流が乱暴に奪い取って、相川に連絡する。

「そうだ、敬司の部屋。ポトスがあるか」

相川は携帯を片手に敬司の部屋に向かったようだ。

『ありました』

「その中に鱗はないか」

しばしの沈黙。相川がポトスの入った器を探っている気配。

『透明な、親指の爪くらいの大きさですか？』

「それだ！　返せ、わたしのだ」

白岐が喚いた。電話の向こうで相川が沈黙する。

「相川、詳しくはあとで話す。それを持ってすぐにここまで来てくれ。敬司の命が危ないのだ」

『わかりました。ただちに』

相川は余計なことを言わず、通話を切った。

「まだか」

一分も経たないのに、猛流が伸び上がって相川が来るはずの方角を見る。結界でぼやけているのが苛立ちを誘うようだ。結界は、白岐の張ったものが壊れてすぐ、雅流が張り直している。この中で起こることを見られては困るからだ。

「いくらなんでもまだだろう」

白岐が呆れて言った。雅流の傍に腰を落として、一緒に敬司の出血を止めようと力を注いでいる。つい先ほどまでの敵同士が、今は敬司のために手を組んでいる。どちらも不本意そうな顔はしているが。

ここにいる者たちにとっては、長い時間が過ぎた。結界のおかげで、通行人などの邪魔は入らないが、それだけだ。焦燥に駆られて敬司を見ても、出血と共に少しずつ命の火が乏しくなっていることに気がつく。

「本当に鱗でなんとかなるんだろうな」

猛流が白岐を睨めつける。手間をかけさせた上で役立たずだったら、ただじゃ置かないと凄んでみせた。

「鱗があったら、おまえたち二人分の力を合わせたよりわたしの方が強い」

「聞き捨てならないな。ま、言ってろ」

猛流がふんと鼻を鳴らす。

「信じないのか」

「当たり前だろ。俺たちは地祇《ちぎ》だ。真の力は封印している。抑えているこの程度で比較してもらっては困る」

「静かにしないか」

雅流が叱責する。軽口の応酬をするのは、不安だからだ。敬司の容体がますます悪くなっているから。だが感情の波立ちや口論は、治療を続けている雅流の邪魔だった。

叱責されて、猛流は「兄ちゃん、ごめん」と素直に謝り、白岐も口を噤《つぐ》んだ。

結界の外にタクシーが停まる気配があった。

「タクシーか」

呆れたように白岐が言ったが、確かにこの方が早いだろう。相川はすでに老齢で、雅流たちのような体力はないのだ。

タクシーが行ってしまうのを待ってから、相川が結界に向けて頭を下げた。

「相川です。ご所望の品を持参しました」

すっと結界が希薄になり、相川が通り抜けるとまた不透明な膜で覆われる。

相川が差し出した包みを、横から白岐が奪い取った。抗議しようとした相川を雅流が止める。

「いい、それは彼のものだから」

「やっと取り戻した……」

歓喜に震える白岐を、猛流が蹴飛ばした。

「さっさとしろ。敬司が死んでしまうじゃないか」

「痛いなあもう」

ぶつぶつ零しながらも、白岐は慎重に包みを開く。ティッシュにくるまれた透明な鱗が現れた。それは結界の膜を通した月明かりでも、キラキラと輝いている。

「あ、それは……」

猛流が思わず呟いた。ようやく記憶が蘇ったのだ。

「道端に落ちていたぞ。綺麗だからと拾ったが、どこかにしまい込んで忘れていた」

「落としたはずがない。とても大切なものなのに」

「でもなくしていたんだよな。敬司が見つけてポトスの器に入れるまでは」

白岐がぐっと詰まった。

「いいからさっさとしろ」

敬司の傍に跪いている雅流が怒鳴る。白皙《はくせき》の額に前髪がはらりと散っていて、こんなときなのに壮絶な色気が滲んで見えた。

白岐がバツが悪そうに肩を竦めると、鱗を自らの喉仏に押しつけた。透明な鱗が喉から中へ吸い込まれていく。一分もかからないうちに鱗は消え、雅流は驚いて白岐を見た。猛流も気圧されて一歩下がる。それほど圧倒的な気なのだ。

「龍……。なるほど、あの鱗は逆鱗だったのか」

雅流がようやく合点がいったように呟く。鱗を取り戻し、本来の気に戻った白岐は、白龍だった。神々しい気を纏い、白岐が敬司の傍らに跪く。

「待たせたな」

その声にも力が滲み、歪んで聞こえる。人間などには触れることすら叶わない神気だった。

雅流と猛流、二人がかりでも今のままでは厳しいかもしれない。白岐本人が言ったように。力の全てを解放したら対抗できるだろうけれども、その分被害も増える。

白岐が雅流の手を退けさせ、自分の気を翳《かざ》す。と、たちまち切り裂かれた部分がスーッと消えていく。あとには傷一つ残らなかった。

「失われた血液の補充もしておいた。力の副作用で今は意識がないが、少し休めば回復するだろう」

「礼は言わないぞ」

猛流が肩を怒らせた。

「言ってもらっても困る」

白岐が苦笑し、すっと立ち上がった。その身体が次第に透き通っていく。最後まで敬司を見て唇を動かしていたのが気になるが、鱗を取り戻した白龍が地上にとどまることはないだろう。

やがて完全に白岐が姿を消すと、雅流も敬司を抱えて立ち上がる。結界を払うと、あたりに喧噪《けんそう》が戻ってきた。

「タクシーを捉まえてきます」

相川が表通りに走っていく。すぐに、「こちらです」と手を振るのが見えた。折りよく通りすがりのタクシーがいたようだ。

雅流に抱かれた敬司を見て、運転手がぎょっとしたようだが、「酔っ払っているんだ」とごまかしておく。

ようやく帰宅したときは、皆でほっとして顔を見合わせた。

「とにかくご無事でよかったです」

相川の言葉に雅流も猛流も肯いた。

二人がかりで敬司を風呂に入れ、ベッドに横たわる。

深く穏やかな敬司の寝息が、二人にとって何よりの褒美だった。


朝の日差しがカーテン越しに見える。敬司はいい気分で目を覚ました。両隣にいる獣二頭に、自然に手が伸びていく。思う存分毛皮に触れられるのは嬉しいが、今朝だけは人間の方がよかったかも。目覚めるなり身体がうずうずするのだ。

意識を失う直前に白岐が、目覚めたら欲しくなるはずだ、慰めてもらえと直接頭に伝えてきた。それがこれなのだろう。治療に白岐の気を注入した副作用の一つらしい。

『欲しいのか』

もぞっと身体を動かしただけで、猛流が顔を上げた。

「うん」

昨夜の記憶はちゃんと残っている。緊迫した場面だったから言葉にはしていないが、行動で互いの気持ちは伝わった。だから身体が熱くなって欲しいと口にするのにも躊躇いはない。

「けど、獣姦はなし」

猛流が獣のままでのし掛かってこようとするので、慌てて釘を刺した。

雅流が喉の奥でくっくっと笑い、そして二頭の獣が変容していく。

彼らが変わるところを初めて見た。輪郭がぼうっとぼやけて、ゆらりと揺れたかと思ったら、もう人の姿になっている。

両側から抱き締められて、それぞれとキスを交わす。雅流と舌を絡めている間、猛流は背後から項を嘗めたり甘噛みしたりしておとなしく待っていた。

猛流とキスをしているときは雅流が耳朶を噛み、背後から回した手で服を脱がしていた。二人は変容したときから全裸だから、自分さえ脱げばなんの問題もない。

たちまち服を取り去られ素肌が密着する。敬司もすでに股間を熱くしていたが、彼らも充溢《じゅういつ》したモノを押しつけてきた。

「本当に無茶をする。命がどれだけ縮んだか」

雅流に甘く詰られて、首を竦めた。

「ごめんなさい。あなたたちを信じなかった僕が全部悪い」

「そうだとも、敬司が悪い。けど、全てを話していなかった俺たちも、悪かった」

「お互い、悪いと言い合っても不毛だ。そのことは置いて、今は愛し合おう」

「雅流さんが愛し合おうと言ってくれた……」

敬司が感じ入った顔をしていると、猛流も身を乗り出してきた。

「俺だって言うぞ。敬司、愛している」

「ぼ、僕も……愛してる」

敬司は照れながら、はっきり言葉にする。互いの気持ちが一つになり、身体も燃え上がった。

「身体の調子はいいんだな」

雅流が敬司の身体を撫でながらも確認してくる。

「さすがにあんな流血を見せられては気がかりだから、正直に言えよ」

猛流も胸を弄っていた手をいったん止めた。

「平気、というより身体がむずむずして目が覚めたんだ。白岐さんが、目が覚めたら欲しくなるから慰めてもらえと伝えてきていた」

「白岐が？」

「あいつに乗せられるのか」

雅流も猛流も面白くなさそうだったが、

「でもこんなだし」

と敬司が羞恥を堪えて二人の手を自分の股間に導くと。ひとまず怒りを抑えたようだ。

「だがあいつとは一度は決着をつけたい。二人合わせても自分が強い、などとほざいた口を縫いつけてやる」

言わずにはいられなかった猛流が、そう吐き捨てると雅流も肯いた。

「そうだな。大言壮語にもほどがある。敬司を人質に取られていたから対抗するのは控えたが、すべての力を放出したら、おまえ一人でもやれると思う。だがしかし、できれば二度と会いたくない。不愉快なやつだったから」

「同感だな」

二人が肯き合うのをいいきっかけに、こちらに集中してほしいと敬司が口を挟む。自分のせいで二人が味わわされた屈辱のことを思うと、居たたまれないのだ。せめてこの身体で癒せるものなら癒したい。そして自分も一緒に快楽を味わいたい。

すでに馴染んだお互いの身体だ。敬司の感じる場所はことごとく把握されていて、次々に暴かれていく。雅流と猛流の連携もスムーズで、敬司は何度もイきかけては引き戻され、さんざん喘いだあとで、ようやく一度目を許された。

白濁は、甘い蜜だと猛流に全部吸い取られる。口の中に出してしまった罪悪感を思う暇もなく、今度は自分だと雅流が挑んできた。

昂りを嘗められ吸われると、節操なくすぐに復活してしまう。

「こんな淫らな身体、やだ」

思わず泣き言を言うと、二人からキスをされて、かえって推奨された。

「わたしたちの前では、どんなに淫乱でもいいいんだよ。かえってその方が、愛情を感じられるというものだ」

「そうそう。敬司の淫乱なんて可愛いものだ。もっと感じて淫らな姿を見せてくれ」

おずおずと二人に手を伸ばし、まだ一度もイっていない彼らのモノに触れる。

「僕だけじゃなく、二人ともイって？」

肉棒を握り締めて言うと、二人ともが息を詰めた。昂りがいっそう膨れ上がった気がする。

「あ、あれ？」

何かまずかっただろうかと視線を向けると、二人が揃って大きなため息をついた。

「天然だな」

「自覚がないというのも……」

「いいから全部わたしたちに任せて。君は感じて可愛く喘いでくれたらいい」

握った手を断固として外されてしまう。

「俺たちは敬司の中でイきたいんだ」

猛流にそう言われれば、納得するしかない。

それから二人を受け入れるまで、しばらく時間がかかった。傷つけないようにと中を十分すぎるほど解されていたからだ。

もういいからと何度イっても聞いてもらえず、ここでもさんざん啼かされた。ようやく雅流のモノを受け入れたときには、ほっとしたほどだ。

雅流が終わると次は猛流に挑まれ、敬司の内部は二人の出したモノで溢れかえった。敬司自

身もそれから何度イったかわからない。

「収まらない。もう一度いいか」

なんて雅流に聞かれて、拒むはずがないではないか。猛流にキスをされながら雅流が身体を探ってくる。後孔に指を入れられると、注がれた白濁がとろり零れてくる。

「堪らないぜ」

感極まったように猛流が言い、雅流も賛同する。

「わたしたちは、最高の恋人を手に入れたようだ」

楽しそうに語る二人に微笑みかける。

「僕だって。あなたたちと知り合えて、本当に幸せだ」

自分たちは三人で一つのユニット、最愛の恋人同士として、狂乱の宴はまだまだ続いていくのだった。


「なんでこんなところにいる！」

外から帰ってきた猛流が、ロビーにいた白岐を見て怒鳴った。後ろに従っていた敬司は、目を丸くして、すらりとした女体をスーツに包み、丸眼鏡をかけている白岐、いやこの姿は黒岐なのか、を見つめる。

「あら、なんでいると言われても困ります。わたしはここの社員ですよ」

「はあ!? そんなはずないだろうが」

「ないと言われても、ねえ」

黒岐はちらりと受付の女性に視線を流す。彼女たちは突然怒鳴りだした猛流に驚いていた。

「どうされたのですか、猛流さん。黒岐さんはずっとここで働いているじゃありませんか」

猛流は舌打ちし、乱暴に黒岐の腕を掴んだ。

「猛流、もっと優しく」

慌てて敬司が猛流を諌める。

「白岐の野郎に手加減なんかいるか」

「でも見た目が、回りの視線も……」

敬司が声を潜めて注意するのに、わざとらしく嘆く白岐の声が重なった。

「まあ酷い、名前まで間違えて。わたしは黒岐です」

猛流がぎらっと目を光らせる。懸命にその腕を引いて、「ほら、周囲を見ろって」と言い募る。ようやく猛流が顔を上げてあたりに視線を投げた。居合わせた全員が、女性に乱暴する猛流を非難の目で見ている。

「写真でも撮られたらまずいから」

なんとか宥め、「社長室へ行こう」と促した。

白岐にも必死で合図して、了承を取りつける。

「敬司さんに頼まれたら断れませんわね、おほほ。お供しますわ」

猛流に掴まれているのとは反対側の手で優雅に口許を押さえ、ホホホと笑う白岐に頭が痛くなってくる。なんとかその場から移動して、エスカレーターに乗った。大勢の視線が絡みついてくる。社内とはいえ、いったいどんな噂が立つのか、胃までしくしくと痛み始めて、敬司は腹部を押さえた。

社長室に入ると、先に知らせを聞いたのか、雅流が出迎えていた。「お疲れ」と猛流と敬司に声をかけてから、白岐に向き直る。

「何をしに来た」

「ですから、わたしはここの社員……」

「詭弁を使うな。目的はなんだ。鱗は返したし、もう用はないはずだ」

「あるさ。彼だ」

人目が遮られたせいか、白岐は男声に直した。姿はまだ女性体だから、違和感がひどい。そちらに気を取られていた敬司は、だから白岐の言葉を聞き逃した。一斉に見られて「え?」と戸惑い顔で彼らを見返す。

「敬司、浮気か」

猛流に詰め寄られ、わけがわからないなりに懸命に首を振った。

「な、何？　どういうこと？　浮気なんかしてないよ」

白岐がつつつと近寄ってきた。さりげなく肩に手を置いて敬司を抱き寄せようとする。

「何をする」

「その汚い手を放せ！」

雅流と猛流が同時に動いた。敬司は白岐から引き離されて雅流の腕にすっぽりと収まり、猛流は白岐の腕を叩き落とした。

「痛いなあ」

振り払われた手を振りながら、白岐が視線を敬司に据える。

「つまり、敬司の心意気や気の強さや、その他諸々に惚れたんだ」

「冗談はよせ」

「なんの世迷い言だ」

雅流の腕の中から、敬司は深いため息をついた。ようやく平和な日常が戻ってきたのに、また一波乱ありそうだ。自分の気持ちは変わらないのだから、雅流にも猛流にもこのあたりで矛を収めて欲しい。

そんな思いを込めて、敬司は少し伸び上がって雅流に口づけ、猛流の顔を引き寄せてこちらにもキスを送った。

ところがそれを見た白岐は、なんでもないことのように肩を竦めて言い放ったのだ。

「ま、そのうち気も変わるだろうから、それまで気長に待つことにしよう。蛇性はしつこいのだよ、敬司。末長くよろしく」

にやっと笑い、最後は女声に戻すと、はんなりと笑う。

雅流と猛流の怒気が膨れ上がるのを感じながら、敬司は再びため息をついた。

まさに前途多難……。

あとがき

カクテルキス文庫様では初めまして、いつも読んでくださる方にはこんにちは。

今回はオオカミさんたち（複数）と大型犬好きの青年（不幸な）のお話になりました。

ケモミミは何度か書いている、3Pも複数回書いている。けれどもこの二つを組み合わせたお話はまだ書いていない、ということで新機軸を狙ってこうなりました（安直……笑）。

二頭のオオカミさんに迫られた青年が、絆されて獣道に突き進んでしまう的な内容なのですが、多少シンデレラチックな部分もあるかと。何しろ相手はモデルと芸能事務所社長なので。

この後書きを書いている時点では三人のラフを拝見しただけなのですが（もちろんとっても素敵でした！）、モノクロイラストの中に仔犬、じゃなくて仔狼姿があれば嬉しいなあと思っています。もちろん大人の美麗な銀狼、黒狼も見たいですけれど（笑）。

だってテレビなどで見る猛獣の赤ちゃん、思わず触ってみたいほど可愛いじゃありませんか。だから猛流の仔狼姿も、きっともの凄く可愛いと思うんですよね。当人はそのことに触れると不機嫌になりそうですが。

それにしても3Pのお話、最近多いですよね。依頼されるときも複数でとよく言われます。えっちシーンが濃厚になるせいかなあと思ってはいるのですが、書く方はなかなか大変なのですよ（笑）。頭の中に常に三人の体勢を思い描いていないといけません。それぞれの手はどこに？　脚は？　顔はどちらを向いているか（つまり口は誰のもの的な……笑。

下手したらアクロバットをやっているような体勢になり、これは体操選手でもとても無理ですと指摘されたことがあります。絡ませる腕も脚も六本ですからね。手足の置き所に毎回頭を悩ませます。えっちそのものの描写よりも（爆）。

今回はうまくいっているでしょうか。もし、ここへんだよ、というところがありましたら、ぜひご教授ください。できればこっそりと（笑）。

イラストは明神《みょうじん》翼《つばさ》先生に描いていただきました。過去にも組ませていただいたことがあり、そのたびに美麗なイラストにうっとりしました。今回もいただいた三人のラフは、イメージ通りで素晴らしかったです。明神先生、残りもよろしくお願いします（ぺこり）。

担当様。いろいろお世話になりました。相談にも乗っていただきなんとか書き上げることができましたよ。ありがとうございました。

最後に手に取ってくださった読者の皆様。明神先生の美しい表紙につられてという方が多いとは思うのですが、楽しく読んでいただけたなら嬉しいです。今年も頑張りますので、書店で見かけられましたらよろしくお願いします。

それではまた。どこかでお逢いできますように。

橘《たちばな》かおる

Cocktail Kiss Label

カクテルキス文庫をお買い上げいただきありがとうございます。
先生方へのファンレター、ご感想は
カクテルキス文庫編集部へお送りください。

〒102-0073　東京都千代田区九段北1-5-9-3F
(株)ジュリアンパブリッシング　カクテルキス文庫編集部
「橘かおる先生」係 ／ 「明神 翼先生」係

◆カクテルキス文庫HP◆ http://www.julian-pb.com/cocktailkiss/

神獣の寵愛 ～白銀と漆黒の狼～

2015年2月28日　初版発行

著　者　橘かおる

発行人　小池政弘
編　集　株式会社ジュリアンパブリッシング
発行所　株式会社ジュリアンパブリッシング
〒102-0073　東京都千代田区九段北1-5-9-3F
TEL　03-3261-2735
FAX　03-3261-2736
印刷所　中央精版印刷株式会社

ISBN978-4-86457-218-7　Printed in JAPAN